AF498764

Christiane Benedikte Naubert

Velleda

e-artnow 2018

Wilhelm Meinhold
Maria Schweidler, die Bernsteinhexe

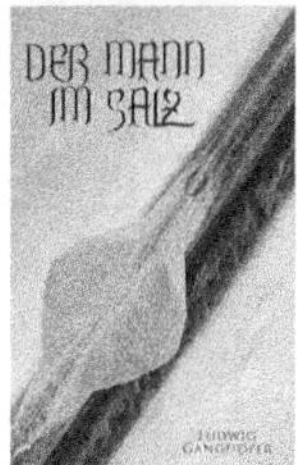

Ludwig Ganghofer
Der Mann im Salz

Hans Fallada
Wolf unter Wölfen (Band 1&2)

Ernst Eckstein
Die Hexe von Glaustädt

Rudolf Presber
Die Hexe von Endor

Christiane Benedikte Naubert

Velleda

e-artnow, 2018
Kontakt: info@e-artnow.org
ISBN 978-80-268-8997-7

Inhaltsverzeichnis

I. Voadicea und Velleda.

Ein alter König der Icanier hatte neun Töchter, und dieser König war vielleicht einer von den Weisesten, aber keinesweges von den Mächtigsten, die jemals Kronen getragen haben.

Euch wird bekannt seyn, meine Leser, das zu den Zeiten, da die Römer Brittannien zu erst besuchten, dieses Land von einer Menge kleiner Prinzen beherrscht wurde, und die fast vergessenen Völkernamen von Briganten, Britonen, Pikten, Siluren, Icaniern, Trinobanten, bezeichneten ein Volk, das wir jetzt mit einem Namen nennen, und das unter demselben eine Macht erlangte, deren es sich damals, in getheilten Zweigen, nicht rühmen konnte.

Widersprechende Vortheile, Uneinigkeit und Eifersucht machten die mannichfaltigen Völkerschaften Albions ihren furchtbaren Feinden zur leichten Beute, und unser König mit seinen neun Töchtern fühlte die Ohnmacht eines Scepters zu sehr, um zu hoffen, da alles der siegenden Allgewalt der Römer unterlag, sich als allein gegen dieselben aufrecht zu erhalten.

Was seine Besorgnisse vermehrte, das war die eigenthümliche Lage seiner Sachen, war die Beschaffenheit seiner Grenzen und das schlechte Vernehmen, in welchem er mit seinen Nachbarn lebte. Wenige der benachbarten Fürsten waren seine Freunde, und er war zu stolz, zu tapfer und zu weise, um ganz der ihrige zu sein. Er haßte die Zagheit und den Sklavensinn, mit welchem einige sich zu leicht unter das Joch der Römer beugten, und trauerte über die Ohnmacht oder die verrathene Redlichkeit der andern. Wäre der König von Icanien so groß und mächtig gewesen, als er tapfer und weise war, Cäsar hätte Albion nicht so leicht besiegt; aber selbst der große Caractacus hatte schon längst den Triumph eines römischen Feldherrn geziert, Cadallanus und Vellocatus trugen daheim römische Fesseln, und andere hatten das Liebste, was sie besaßen, ihre Kinder, hingeben müssen, um in Rom für die Treue der Länder zu bürgen, in welchen sie geboren waren.

Dieses letzte war es, was der gute König, den die Sage, welche oft den Namen der Besten und Weisesten unter den Menschen vergißt, nur den König mit der eisernen Krone nennt, weil er keine goldne zu tragen pflegte, dieses letzte war es, was er am meisten fürchtete. Vor dem Schwerd der Römer schützte ihn sein Heldenmuth, vor ihrem Sklavenjoch allenfalls ein ehrlicher Tod; aber welch ein Gedanke für ihn, seine Kinder, die Töchter der Unschuld, dereinst vielleicht nach Rom geschleppt, und in der Unsitte des Neronischen Hofs erzogen zu sehen! Welch ein Gedanke für einen Prinzen, der noch ganz das war, was die ersten Könige oder Väter der Urwelt gewesen seyn mögen, und der mit seinem glanzlosen Diadem größer und glücklicher war, als die Tibere und Neronen unter der Last ihrer aus allen Welttheilen geplünderten Edelsteine, und den bluttriefenden Lorbeern, die ihre Schläfe umschlossen.

Der König mit der eisernen Krone hatte zwar noch eine Königin, welche die Sorge um sein Haus mit ihm theilte, und wir müssen Euch nur gestehen, daß ihr Name eben derjenige war, den ihr an der Spitze dieser Blätter sehet; doch Voadicea war damals noch nicht die Heldin, von welcher Freund und Feind zu sagen wußte; erst das Unglück machte sie groß. Damals lebte sie noch das stiller Leben der Königinnen der Vorwelt, welches nicht viel von dem Leben guter gemeiner häuslichen Frauen verschieden war, und Dinge von Wichtigkeit mit ihr in Rath zu stellen, das fiel dem Könige der Icanier gar nicht ein.

In der Sache, welche diesem guten Prinzen jetzt im Sinne schwebte, hätte er dennoch eine Ausnahme machen sollen, sie lag zu sehr in dem Gebiet der Königin, die auch Mutter war, als daß nach Recht und Billigkeit ihre Stimme hätte übergangen werden dürfen. Voadiceens Gemahl, der bei den hereinbrechenden schweren Zeiten besonders um seine Töchter sorgte, dachte darauf, gewisse Verfügungen ihretwegen zu treffen, und daß er dieses ohne Rücksprache mit der besten Frau ihrer Zeit, mit der zärtlichsten Mutter ihrer Kinder that, das war allerdings ein Fehler.

Die Icanischen Prinzessinnen waren zu einem blinden Gehorsam gegen älterliche Befehle gewöhnt, und daher geschahe es, daß sie gegen denjenigen, welchen sie eines Tages von ihrem Vater erhielten, und den wir Euch gleich mittheilen wollen, keine Einwendungen zu machen pflegten, obgleich die ältesten von den jungen Damen, welche schon zu verständigen Jahren gekommen waren, allerdings bei dem strengen Gebot Gedanken haben mochten, welche ihnen Unruhe verursachten.

Der geheime Befehl des Königs ging auf nichts anders, als sich, ohne genommenen Abschied von ihrer Mutter zu einer großen Reise bereit zu machen, welche des andern Morgens vor Aufgang der Sonne angetreten werden sollte.

Wird Voadicea nicht mit uns reisen? fragte Bunduica, die Aelteste, und eine Thräne stand in ihren schönen Augen.

Nein! war die kurze Antwort des ernsten Königs.

Und wenn sehen wir unsere gute Mutter wieder?

Das steht bei den Göttern.

Bleibt nicht eine von uns, bleibt nicht wenigstens unsere jüngste Schwester, ihr Liebling, bei ihr?

Keine!

Vater. Guter Vater! Wo reisen wir hin?

Wohin Vaterliebe und Vatergewalt euch leiten.

Auf solche Antworten, meine Leser, ihr werdet es selbst begreifen, läßt sich nichts weiter sagen. Als der erste Strahl des Morgens einer unruhig verbrachten Nacht den Himmel röthete, schlichen die Töchter des Königs mit der eisernen Krone, dessen Wink Eile gebot, noch einmal zu dem Lager ihrer guten Mutter, küßten ihr Gewand und ihre Fingerspitzen, bestreuten das Lager der Schlummernden mit Blumen, und stracks ergriff Bunduica die kleine Zelleda, die jüngste ihrer Schwestern, deren kindischer Schmerz in lautes Weinen ausbrechen wollte, und trug sie, indem sie ihren Mund mit ihren Küssen verschloß, eilig dahin, wo der Vater zum Abschied winkte.

Ihr müßt Euch, lieben Leser, die Reise eines Königs der damaligen Zeiten und so vieler Prinzessinnen nicht auf die Art vorstellen, wie sie heut zu Tage beschaffen seyn würde. Hier waren weder Staats- noch Kammerwagen, hier gab es weder Zofen noch zahlreiche Bedienten, die Sage berichtet nicht einmal, ob die Reise zu Roß oder zu Fuß gemacht wurde, und ihr mögt es nun für glaublich halten oder nicht, so ists gewiß, daß die ganze Reisegesellschaft aus nicht mehr als zehn Personen bestand, und daß das Gepäck auf eine so leichte und bequeme Art eingerichtet war, daß Wagen und Rosse ganz unnöthig gewesen seyn würden. Roms Luxus war unter den Völkern Brittanniens, die sich des Jochs der Römer schämten, noch nicht angenommen, und die wenigen Bedürfnisse, welche die einfältigen Kinder der Natur hatten, brauchten sie nicht aus einer Gegend in die andere zu führen, sie waren sicher, sie überall zu finden.

Nachdem man, sie sich, wie viel Tage und wie viel Meilen, gilt gleich, ob immer mit der nämlichen Laune, zu Lande gereist war, da ergab es sich, daß des Königs Wille den gehorsamen Töchtern auch die Seereise anmuthete. Willig wie duldende Lämmer stiegen die neun Schwestern in das Fahrzeug, und der König, welcher es nach ihnen betrat, ergriff das Ruder mit eigner Hand, um die Fahrt, auf welcher sie kein Fremder begleitete, zu steuern.

Sie war kurz, aber gefahrvoll. Ungewitter schwärzten den Himmel, Wellen umstürmten das Schiff, das Wasser drehte sich in tausend Wirbeln und drohte die kleine Reisegesellschaft in den Abgrund zu begraben. Die jüngsten der Prinzessinnen weinten und rangen die kleinen Hände zum Himmel, die älteren verbissen ihren Schmerz, und sahn mit hoffendem Blick auf ihren Vater, dessen Miene ruhig blieb, und der mit kalter Entschlossenheit alle Geschäfte des erfahrenen Seemanns verrichtete, um das Schiff an die nahe Küste zu steuern.

Getrost, meine Kinder! Getrost! rief er uns ablässig. Bald haben wir überwunden. Um großen Gefahren zu entgehen muß man kleinere nicht scheuen, und weise ist die Verfügung des Schicksals, welches die Wohnung der Sicherheit mit Schrecken umlagert, „nicht daß niemand sie finde, nein, damit nur der Verzagte nicht in dieselbe eingehen möge."

So vernünftig das seyn mochte, was gute König sagte, so wurde es doch von den Zuhörerinnen kaum halb verstanden. Den größten Theil dessen, was er sagte, verschlang das Toben des Sturms, und das übrige gleitete an den Herzen ab, welche nun fast für alle Hoffnung verloren waren. Konnten die jungen Seefahrerinnen noch aus etwas Trost nehmen, so war es das muthige

Betragen ihres Steuermanns und nicht seine Worte. Sie wußten nicht, von was für Gefahren, er sprach, kannten den Sicherheitsort nicht, dahin er sie führte, und wußten nicht, warum sie, außer dem väterlichen Hause einen solchen nöthig haben sollten.

Die Prinzessin Bunduica, welche bereits, das reife Alter von funfzehn Jahren erreicht hatte, und die eins und das andere von Welthändeln zu sagen wußte, sie allein wars, welche aus einigen Reden ihres Vaters schon längst auf die Gedanken gekommen war, er zittere vor der wachsenden Macht der Römer. Sie zitterte nicht vor diesen glänzenden Fremdlingen, von welchen ihr das Gerücht so viel gesagt hatte; sie wünschte vielmehr sie näher zu kennen. Sie wußte, daß viele der Britischen Könige, die sich ohne Widerstand ihrer Macht ergaben, Freunde in ihnen gefunden hatten. Alles was die Welt von den gefürchteten Herren der Welt zu sagen wußte, verrieth Größe und Edelmuth. Selbst das Loos ihrer Ueberwundenen war schimmernd. In goldenen Ketten war Caractacus dem Wagen seines Ueberwinders gefolgt, man ehrte in Rom die Tugenden dieses großen Gefangenen, seine Kinder waren Gespielen der jungen Cäsaren, und war auch Bundulica zu vernünftig, sich und den Ihrigen ein ähnliches Schicksal zu wünschen, so konnte sie doch nichts Widriges in der Phantasie finden, welcher sie sehr gern nachhing, einst als Tochter eines Freundes der Römer die Hauptstadt der Welt zu sehn, und daselbst höhern Lebensgenuß zu lernen, als ihr rauhes Vaterland gewährte.

Bunduica äußerte nichts von Gedanken, welche nicht ohne väterlichen Verweis geblieben seyn würden, auch wissen wir nicht, ob sie die selben gerade in dem nämlichen Augenblick hegte, dahin wir unsere Geschichte gebracht haben, denn siehe, eben waren die Gefahren der Reise überwunden, das Schiff stieß ans Land, und die Seefahrer fühlten wahrscheinlich nichts als das Entzücken, das jeden durchströmt, welcher tobende Wellen hinter sich, vor sich das sichere, Land erblickt, in dessen Schoos er sich wirft, wie das Kind in die Arme der schützenden Mutter.

Es war die Insel Mona, welche der König und seine Töchter betraten, ein von rauhen Klippen umgebenes Eyland, von der Natur, wie es schien, zur Wohnung des Geheimnisses und der Sicherheit gebildet; Ebenen voll lachenden Grüns ruhten hier in dem weiten Schooße himmelhoher Felsen, und Tempel der Gottheit versprachen der Tugend in diesen Thälern Schutz, wenn sie sonst aus der ganzen Welt vertrieben sein sollte.

Hier wars, wo seit undenklichen Zeiten die heiligsten Geheimnisse des Britischen Gottesdienstes wohnten, Geheimnisse, der Wahrheit vielleicht näher verwandt, als die heutige Welt meynt, vielleicht auch nichts als dichte Hüllen von Schrecknissen, welche die Menschheit empören.

Der gute König mit der eisernen Krone, welcher so fromm und andächtig als tugendhaft war, wußte von dem letzten nichts, und ihm zu gefallen wollen wir es denn glauben, daß hier nie die Druiden zu Aussöhnung einer grausamen Gottheit Menschenopfer schlachteten, wie unschuldige Knaben und Jungfrauen von blendender Schönheit, bei ihren geheimnißvollen Weihen, durchs Feuer gehen ließen.

Obgleich dieser fromme Prinz von solchen Gräueln nichts wußte, welche, wenn die Sage nicht trügt, hier von abergläubigen Priestern, verübt wurden, so hielt er es doch für gut, den großen Tempel, welcher in der Mitte eines Eichenwaldes das Herz der Insel ausmachte, nicht zu betreten; Sicherheit wohnt bei Einsamkeit, und Stille, und am besten ist der Schatz geborgen, welcher nur einem einzigen Paar treuer Hände anvertraut wird.

Die Nacht war eingebrochen, als sich der Vater mit seinen Kindern seitwärts nach der Felsenreihe wandte, welche der Küste von Irrland am nächsten liegt. Die Gegend ward schauerlicher, so wie der Mond höher über ihr heraufstieg; die kleinen Prinzessinnen bebten und selbst ihre ältern Schwestern konnten ihr innerliches Zagen nicht ganz verbergen.

Vater! Guter Vater! wo reisen wir hin? wiederholte Bunduica noch einmal mit wehmüthigerer Stimme die Frage, welche sie schon daheim unbeantwortet gethan hatte.

Ich muß, antwortete der König mit schmeichelnderm Tone, als er sonst anzunehmen pflegte, ich muß meine holden milchweisen Lämmer hier in den Armen einer treuen Hirtin bergen, daß kein Wolf sie zerreiße, daß kein unreiner Hauch ihre Schönheit entstelle. Hier wohnt die weise Velleda, nach deren Namen ich die Jüngste von euch nannte. Sie ist aus der Zahl der Aurinien, und kam aus Germanien herüber, zum Heil dieses Landes. Auch mir zum Heil, und euch, meine Kinder! Durch sie erfuhr ich zuerst den nahen Untergang meines Hauses, dessen Vorzeichen mein Tod seyn wird. Bald werdet ihr verlaßne Waisen werden, meine Kinder.

Eure Mutter kann euch nicht schützen, denn sie ist ein Weib. Voadicea wird mit mir sterben, wie sie mit mir gelebt hat. — Trauert darüber nicht, ihr Lieben! Kinder, denen das Schicksal die Aeltern entriß, sind Kinder der Gottheit, auch gab sie euch die weite Velleda zur sichtbaren Mutter. Schlummert in ihren Armen! Verschlummert die böse Zeit, bis die gute herandämmert. Wir sind der glücklichen Weissagungen von euch aus ihrem Munde gar viel geworden. Blinde Folgsamkeit gegen ihre Befehle, so wie ihr sie gegen die meinigen gewohnt waret, und Treue bis zum Tode gegen die strenge Tugend, die man euch kennen lehrte, dieses sichert euch das Glück, welches das Schicksal mir und eurer Mutter entzog, um es auf euren Antheil zu legen.

Der König von Icanien hätte noch länger sprechen können, als er sprach, ohne von seinen Töchtern unterbrochen zu werden. Lange vor her, ehe er geendet hatte, lagen alle schon weinend zu seinen Füßen, von der Gewalt einer Worte zu Boden geworfen. Einige hatten sich seiner Hände bemächtigt, die sie unablässig küßten, die andern umfaßten seine Knie, als wollten sie ihn nöthigen, sie nicht zu verlassen. Die kleine Velleda, welche sich in einen Zipfel des königlichen Mantels gewickelt hatte, rief aus ihrer Verborgenheit hervor: Hier sei sie sicher, zu ihrer Mutter zurückgebracht zu werden, um mit ihr zu sterben.

Dem Könige brach sein Herz, er küßte seine Töchter und weinte mit ihnen. Es war hier an keine Trennung zu denken, und wer weis, wie lange dieser Auftritt gedauert hätte, wäre nicht aus dem Dunkel der Felsen eine Person hervorgetreten, welche ihm auf einmal ein Ende machte.

Was machst du, König von Icanien, was machst du hier? rief eine Frau von übermenschlicher Größe, die jetzt im hellen Mondschein, dem Vater und den Töchtern gegenüber stand, und durch ihre Erscheinung die jungen Mädchen in ein Schrecken setzte, welches nur von ihrem Kummer übertroffen wurde.

Hast du Muth zu sterben, fuhr die Erscheinung fort, so mußt du auch Muth haben, dich von diesen Kindern zu trennen; und fehlt es dir nicht an Zutrauen zu mir, sie meinen Händen zu überlassen, wo ist denn das Zutrauen zu dem, in dessen Hand mein Schicksal sowohl ruht, als das ihrige?

Der Verweis in dem Munde der Unbekannten war so sanft, die Miene, mit welcher sie am Ende ihrer Rede ihr Auge gen Himmel erhob, so schön, so ausdrucksvoll, daß man halb und halb mit ihrer außerordentlichen Figur ausgesöhnt wurde, und daß die Prinzessinnen es sich mit weniger Grauen, als sie anfangs gefühlt haben mochten, von ihrem Vater sagen ließen: Dieß sey die weise Velleda, dieses die Hirtin, welche die unschuldigen Lämmer vor dem Wolfe und dem unreinen Hauche der Welt verwahren sollte.

Die Aurinie küßte die jungen Mädchen nach einander; die kleine Velleda, ihre Namensschwester, machte sie eigenhändig aus den Falten des königlichen Mantels los, in welchem sie sich zu verbergen suchte, und hüllte sie in den ihrigen. Du sollst mein seyn, rief sie, indem sie das Kind an ihre Brust drückte, ganz mein, o du Liebe! du Werthe! mir schon durch deinen Namen so theuer! — Und ob alle deine Schwestern für mich und das Glück verloren gingen, so wirst doch Du fest stehen, späten Zeiten ein Denkmal übermenschlicher Kenntnisse und unverwelklichen Ruhms.

Die Worte dieser wunderbaren Frau gingen einem ans Herz, man mußte ihr gewonnen geben, wenn man sie reden hörte. Sie sprach noch viel mit dem Könige und den Prinzessinnen, ihnen den Abschied zu erleichtern, doch dünkt uns, das Klügste, daß sie mit dem Ton ihrer Rede einen sanften Schlummer über die trostloßen Mädchen ausgoß und dadurch ihrem Vater Raum gab, sich mit guter Art zu entfernen.

Sie schlummern nun alle, sagte sie, indem sie dem guten Könige zum Abschied die Hand bot, und getröstet sollen sie erwachen. Trage keine Sorge um sie, sie werden sich bald an, mich gewöhnen, sie werden mich wie eine Mutter lieben, und schwer werden sie von mir zu trennen seyn. Ehe wir zur Trennung schreiten, so laß mich an dich noch einige Fragen thun. Sprich: Warum bargst du diese Kinder in meinen Armen?

Ich glaubte sie im die Arme der Tugend zu legen.

Und wählst du lieber für sie den Tod, als die Gefahr, ihr entrissen zu werden?

Lieber den Tod!

Vergönne mir der Fragen noch eine: Meine Macht ist groß, aber nicht unumschränkt, meines Wissens ist viel, aber ich bin nicht untrüglich, nicht allwissend, auch habe ich lange gelebt, und kann noch länger leben, aber unsterblich bin ich nicht. Sprich, was wird aus den Armen, die hier zu unsern Füßen so ruhig schlafen, was wird aus ihnen werden, wenn über mich das Schicksal gebeut?

Gebiete dann Du über sie, und überlaß sie so treuen Händen, wie die deinigen sind.

Und wenn ich keine finde?

Dann lieber den Tod für sie, als die Gefahr, welcher ich sie jetzt entrissen zu haben glaube.

Wohl! Und so gehe denn, da jetzt alles berichtigt ist, was du diesseit deines Grabes zu besorgen hattest, gehe denn hin, wo das Schicksal dir winkt. Du wirst hinfort des Kummers wenig haben, und kurz wird deine Reise seyn, nach dem Vaterlande.

So schieden sie, und ach, die weise Velleda hatte Recht. Kurz war die Reise des Königs von Icanien, und wenig seines Kummers, oder vielmehr er sollte, da er jetzt sein Liebstes gesichert zu haben glaubte, und mit beruhigten Blick in die Zukunft sah, hinfort gar keinen mehr empfinden.

Auf seiner Rückreise von Mona tobten die Stürme und braußten die Wellen noch ungestümer um das Schiff, als bei der Anfahrt. Er war entweder saumseliger, sein Leben zu retten, als das Leben seiner Kinder, oder eine Gedanken waren zu sehr mit einer Zukunft beschäftigt, die er nicht erreichen sollte, als daß er der Gegenwart gehörig hätte wahrnehmen sollen; genug, der Seefahrer kam aus dem Vortheil, die Winde siegten, das Segel zerriß, das Ruder ging verloren, der Abgrund that sich auf, die Beute zu verschlingen, die ihm das Schicksal preis gab, und nie sah Icanien seinen guten König wieder.

Voadiceens Zustand treffend zu schildern, den Zustand der Gattin, der Mutter, als ihr gewiß ward, sie habe auf einmal den Gemahl und die Kinder verloren, dieses würde unmöglich sein. Auch Gattinnen, auch Mütter werden vielleicht diese Blätter lesen, von ihnen, ihr andern, laßt euch erklären, was ich verschweigen muß.

Wenn Voadicea mit allen Frauen in ihrer Lage, eins, die fast rettungsloße Verzweiflung, gemein hatte, so hatte sie ein anderes vor Tausenden ihres Geschlechts voraus: sie sank nicht, da tausend andere gesunken wären: Das Unglück vernichtete sie nicht, es entwickelte vielmehr neue Kräfte in ihr. Sie hatte sich nie für eine außerordentliche Frau gehalten, nie Anlage zur Heldin oder zur Herrscherin in sich gefühlt, auch pflegte damals noch kein Schmeichler Königinnen solche Dinge in den Kopf zu setzen; aber die Folge sollte lehren, was die Gottheit für Schätze von Muth und Entschlossenheit in ihre Seele gelegt hatte.

An dem nemlichen Tage, da man ihr die eiserne Krone ihres Gemahls, durch ein Wunderwerk von den Wellen ans Land getragen, und in ihr die Gewißheit seines Todes brachte, da erhielt sie auch die schreckliche Post: die Römer, welchen Icanien bisher noch ein unantastbares Heiligthum gewesen war, näherten sich den Grenzen, und entweder schneller Entschluß zu tapferer Gegenwehr, oder das Sklavenjoch, das schon viele andere Brittische Könige ohne Schwerdschlag über sich genommen hatten, müsse gewählt werden.

Ha! sagte Voadicea, die die Krone ihres Gemahls einige Minuten in der ausgestreckten Hand hielt, und sie mit festem Blicke ansahe; du konntest nicht sinken, da der beste der Könige sank, du sollst nicht sinken, ob auch ich sinken müßte. Auf, Völker! Ich bin eure Königin. Die Icanische Krone ziert meine Stirn! Auf! In den mörderischen Feind! Dieses Diadem bringt Sieg, und ob es auch Schläfe umfaßt, die bisher nichts als Blumenkränze trugen.

Voadicea hatte sich mit des Königs eisernen Krone bedeckt, und niemand war, der ihr diesen Schmuck streitig machte; sie war ja von Eisen, solche Diademe drücken wohl, aber sie werden nicht beneidet; doch schrecken sie auch, und das Schrecken ging vor der neuen Heldin her, und besiegte den Feind, ehe ihn noch die Icanischen Waffen erreichten, das Schrecken, ein Weib habe sich ermannt, den Herrn der Welt, vor welchen alles sich beugte, muthig entgegen zu treten. Hier war es, wo Voadicea, so klug als tapfer, den Aberglauben ihres Volks auf ihre

Seite zu ziehen, wußte, und sich durch denselben einen der herrlichsten Siege errang. Als es zur Schlacht kam, so erforderte es die Sitte, den Ausgang der Sache durch ein Zeichen zu erforschen. Das furchtsamste Thier, welches die Wälder bewohnt, sollte entscheiden, auf wessen Seite der Sieg, auf welche die Muthloßigkeit fallen würde, die allemal der Niederlage vorhergeht, und siehe, der zwischen beiden Heeren losgelassene Haase, der sich in die geschlossenen Reihen der Römer drängte, brachte in der That diesen Niebesiegten Verderben und Tod, den Icaniern, vermittelt des Muths, den dieses günstige Zeichen ihnen einflößte, einen Triumph, den selbst die Geschichtschreiber des Feindes nicht ableugnen können.

Man hat sich oft die Möglichkeit gedacht, daß menschliche Kräfte durch verdoppelte Last, nicht zu Boden gedrückt, nein, zu raschern Gange gleichsam wieder aufgewunden werden könnten; bei der Königin der Icanier war dieses der Fall; der Verlust des Gemahls und der Kinder, die Gefahr des Vaterlandes, eins von diesen Uebeln allein hätte sie vielleicht zur Trauer einer gemeinen Seele, zur Verzweiflung herabgestimmt, alle zusammen genommen machten sie zur Heldin, zur Siegerin.

Ach, zur unglücklichen, freudenloßen Siegerin. Mit wem sollte sie das Glück und die Ehre des Triumphs theilen? Der Rausch der Gefahr war vorüber. Der laute Beifall des Volks und der Ruhm, der ihr selbst aus dem Munde der Feinde ertönte, folgte ihr nicht in ihr verödetes Haus. Hier herrschte tödliches Schweigen, und der Name Königin, Siegerin, war für sie ein schlechter Ersatz für den süßen Zuruf Gattin und Mutter; ach alle waren dahin, aus deren Munde er ihr einst ertönte!

Im Nachdenken über ihr Schicksal, über den zehnfachen Verlust an einem Tage, mußte indessen ein so heller Verstand, als der ihrige, bald hier und da auf Umstände stoßen, welche Unwahrscheinlichkeiten mit sich führten, und diese Unwahrscheinlichkeiten brachten ihr Trost.

Durch genaues, immer genaueres Nachforschen ward die Königin endlich gewiß, sie sei, wenn auch gleich Wittwe, doch vielleicht nicht ganz kinderloße Mutter. Welchen Weg Voadicea zu dieser Muthmaßung zu gehen hatte, ist unbekannt, genug, sie fand sie, und trunken vor Entzücken, wagte sie Versuche, sich noch glücklicher zu machen.

Sie kam der Wahrheit bald so weit auf die Spur, daß sie jetzt zuverlässig wußte, die Insel Mona sei der Aufenthalt ihrer Kinder, und da sie die weise Velleda kannte, da ihr nicht verborgen war, in welchem Ansehen sie bei dem verstorbenen Könige gestanden hatte, so konnte sie wohl nicht mehr zweifelhaft seyn, in wessen Schutze sich die Prinzessinnen befinden möchten.

Die Königin der Icanier, eine große Dame sie auch war, hatte doch verschiedene Schwächen mit der geringsten ihres Geschlechts gemein, unter andern auch diese, über der Zuneigung eines geliebten Gemahls mit argwöhnischer Eifersucht zu wachen, und mit keinem Geschöpf eine Theilung derselben einzugehen.

Die ungemeine Achtung, mit welcher der König die fremde Velleda beehrte, die Andacht, welcher er auf jeden ihrer Aussprüche horchte, hatten sie ihr von jeher widrig gemacht; sie liebte sie nicht, sie konnte sie nicht lieben. Eintrag in die Rechte ihrer glücklichen Liebe konnte die schöne Voadicea von der bejahrten Aurinie zwar nicht besorgen, die nie schön gewesen war, und deren Riesengestalt allenfalls nur in den wilden Bructerischen Gebürgen, aus welchen sie entsprossen war, nichts schreckendes haben mochte, aber auch die Hochachtung des Königs wollte die zärtliche Gemahlin mit niemand theilen; Velleda diese zu entreißen, war so unmöglich, als Voadicea unfähig war, sich zu diesem Endzweck niedriger Mittel zu bedienen, so duldete sie denn, was sich nicht ändern ließ, aber sie duldete nur so lange, als sie die untergeordnete Rolle der Frau des Königs spielte, selbst Königin, dachte sie anders handeln zu müssen, als ehedem. Ach, ob es ihr nicht beifallen mochte, daß ihr Eigensinn sie um einen Theil des Zutrauens ihres Gemahls gebracht habe, und daß sie ohne denselben Mitwisserin des Geheimnisses geworden seyn könnte, das sie jetzt so unglücklich machte, wenn es nicht vielleicht gar in ihrer Gewalt gestanden haben würde, den raschen Schritt zu hindern, der sie um Gemahl und Töchter brachte.

Voadicea wußte jetzt mit Gewißheit, daß sich die Prinzessinnen in der Gewalt der gehaßten Aurinie befanden. Sie ihr zu entreißen, war der Hauptgedanke der zärtlichen Mutter, aber wie war dies möglich zu machen? Zu Bitten sich gegen diejenige herabzulassen, die sie haßte, und die ihr in dem Raube ihrer Töchter, welchen sie ihr beimas, einen überzeugenden Beweis ihrer Bosheit gegeben zu haben schien, dies war der Siegerin der Römer unmöglich. Vorstellungen würden Aufklärung nach sich gezogen haben, aber auch diese wurden verworfen; nichts blieb also übrig, als Gewalt, welche Voadicea an der heiligen Insel zu verüben zu religiös war, oder List, zu welcher sie, eine biedere nordische Frau, wenig Talent hatte.

Voadicea hatte bei ihrem letzten Siege unter anderer Beute eine junge Römerin in ihre Gewalt bekommen, welche durch tausend Annehmlichkeiten sich derjenigen, deren Fesseln sie trug, zu sehr zu empfehlen wußte, als daß sie dieselben länger als einen Tag hätte tragen sollen. Du bist frei, sagte die Königin der Icanier zu der reizenden Flavia, nimm von dem, was meine Krieger raubten, alles was dein ist, nimm dessen noch mehr, nimm, wenn du willst, alle Gefangene deines Geschlechts die dir lieb sind, und gehe zurück zu den Deinigen, aber gehe eilend, ehe mein Herz sich an dich hänge, und die Götter an mir die Partheilichkeit für eine der Feindinnen meines Vaterlands rächen.

Flavia ging nicht, sie bat die Königin knieend nicht zurück gehen zu dürfen in ein Land, das, sie betheuerte es, nicht ihr Vaterland sei. Sie erwies, daß ihre Aeltern Brittischen Geschlechts gewesen waren, daß sie in einer der damaligen Niederlagen ihres Volks, als ein Kind geraubt, mit einem Namen, der nicht der ihrige sei, zur Römerin gemacht worden, und unter den Dirnen der Gemahlin des römischen Statthalters, der seinen Sitz zu London hatte, wieder herüber gekommen sei, in den Schoos Brittanniens, das sie gebar, und das sie nimmer zu verlassen wünschte.

Was Flavia erzählte, war mehr als wahrscheinlich. Voadicea konnte ihm so wenig den Glauben versagen, als eine unschuldige Seele, die sich in ihre Arme warf, von sich stoßen. Das Mädchen mit dem römischen Namen blieb in dem Hause der Königin von Icanien, und sie wußte das Glück, immer um sie zu seyn, so gut zu nutzen, daß sie ihr ganzes Herz gewann.

Hätte irgend jemand die traurende Mutter über den Verlust ihrer Kinder trösten können, so wär es Flavia gewesen, und sie tröstete sie, doch ohne sie schadlos zu halten. Dies konnte, dies wollte, sie nicht. Hoffnung, die Verlorenen wieder zu sehen, nährte sie in ihrem Herzen, und da Voadicea arm an Anschlägen war, wie dieses zu bewirken seyn möchte, so verging kein Tag, da Flavia nicht mit neuen Entwürfen zu Befreiung der Prinzessinnen aus der Zauberin Gewalt vor ihrer Gebieterin erschien.

Wie, sagte sie eines Tages, wie? wenn wir ein Schiff ausrüsteten, den Gefangenen zu Hülfe zu kommen? Zwar unzugänglich ist die felsige Mona, doch Fleiß und Zufall entdecken oft Wege, über welchen die düsterste Decke des Geheimnisses gebreitet ist.

Mona, antwortete die Königin, hat einen einzigen Zugang nach der Küste von Irrland, zwei schwarze Felsen verstecken ihn, ihn entdeckt kein Fleiß, kein Zufall, über ihn waltet die Hand der Götter, welche nie ihre heiligten Geheimnisse profanen Augen Preis geben werden.

Oder, sprach Flavia ein andersmal, wenn wir die Diener der Gottheit, unsere heiligen Druiden auf unsere Seite brächten? Einverstanden mit dieser Sklavin der Hölle, dieser Räuberin eurer Kinder können sie nicht seyn.

Die nehmliche Schwierigkeit antwortete Voadicea; der Zutritt zu ihrer Insel ist uns verschlossen.

Und öffnet kein Festtag des Jahrs Brittanniens Völkern den Weg zu den Tempeln ihrer Götter?

Wie kann dir, einer Brittin, verborgen seyn, was der heiligste Tag des Jahres, der Tag, da die Sonne ihren Frühlingslauf von neuem beginnt, nicht nur unserm, sondern allen Völkern der Erde hierin für Vorrechte giebt?

Flavia war, ihrem Vorgeben nach, sehr jung in die Hände der Feinde gekommen, sie wußte von den Sitten und Gebräuchen Albions sehr wenig; die Königin hatte Geduld mit ihr und unterrichtete sie, und so erfuhr sie denn, auf was für Art man sich an dem großen Festtage Brittanniens, Zutritt auf der Insel Mona verschaffen kann, und unter tausend kleinen und großen Umständen auch diesen, daß an jenem Tage des Friedens mit der ganzen Welt jeder Waffengebrauch auf Mona verboten sei, so daß das heilige Eyland den Feinden eine sehr leichte

Beute seyn würde, wenn ihnen bekannt wäre, wovon Flavia, als eine treue Brittannierin, den ihr zukommenden Unterricht erhalten habe.

Flavia ward nicht müde in Planen, und die Antworten der Königin, ob sie ihr gleich allemal. Unmöglichkeiten in der Ausführung zeigten, führten doch immer etwas mit sich, welches die Zurückgewiesene im Sinne behielt, und zu einer Zeit zu nutzen dachte.

Der Brittannier Friedens- und Frühlingsfest war nahe; der Königin, welcher, so wie dem geringsten ihrer Unterthanen, nur an diesem Tage der Zutritt zu der Insel der heiligen Geheimnisse offen stand, hatte wirklich im Sinn, denselben zu einer persönlichen Verhandlung mit den Druiden von Mona zu nützen, ob sie durch ihre Hülfe der Zauberin ihre Kinder entreißen könnte, aber die immer unruhiger werdenden Legionen der Römer, die bisher, wie von der letzten Niederlage betäubt, geschlummert zu haben schienen, erforderten die Gegenwart der Heerführerin, und die Pflichten der trauernden Mutter mußten, den Pflichten gegen das Vaterland nachstehen.

Flavia, sagte Voadicea, als sie dieses Mädchen des Abends vorher, ehe sie mit dem Heer ins Lager rückte, zuletzt umarmte; du weißt alles, was wir auf jenen wichtigen Tag beschlossen hatten, du kennst die Hindernisse unters Vorhabens, du kennst auch die Mittel, sie zu besiegen. Handle nicht nur klüglich, handle auch treu; denn wisse, keiner kehrt lebendig von Mona zurück, dessen Vorhaben nicht ganz rein und gerecht vor den Augen der Götter ist. Ach, der beste der Könige mußte diesen Weg mit dem Leben bezahlen, wie konnte es die Gottheit billigen, daß er die Kinder den Armen der Mutter entriß, um sie einer Velleda aufzuopfern. — Gehe, Flavia! Gehe! Nicht diese Thränen, nicht diese Gelübde! Ich weiß was du sagen willst, auch kennst du aus diesem Auf trage, was ich von dir halte. Du bist die Einzige, welcher ich mich vertraute, die Natur unsers Geheimnisses machte die Mitwissenschaft mehrerer Personen bedenklich.

Verschwiegenheit verboten ward, so schwur sie doch von neuem zu den Füßen der Königin: kehrte sie siegend zu ihrem Hause zurück, so sollte sie am heiligen Feuerherde, den bisher nur die traurenden Hausgötter bewachten, ihre Töchter empfangen.

Die Icanischen Waffen fanden diesesmal mehr Widerstand als je zuvor, doch kehrte Voadicea als Siegerin zu dem stillen Herde zurück, dessen sie, wenn das Wohl des Landes nicht den Scepter oder das Schwerd forderte, mit frommer Häuslichkeit zu hüten pflegte; aber was ihr von demselben entgegen kam, war nicht das Jauchzen der Töchter, das ihr Flavia versprochen hatte, war nicht der Widerschein fröhlich lodernder Flammen. Ein Heimchen, das während ihrer Abwesenheit Besitz von der verlassenen Feuerstätte genommen hatte, und das, wie die Sage berichtet, immer ein Geschöpf böser Vorbedeutung war, zirpte ihr traurig entgegen, und von den beräucherten Bildern der Hausgötter schienen Blutstropfen herab zu rinnen.

Die stillen Gottheiten, die des Hauses hüten, hatten, laut alter Traditionen, von jeher unter allen Völkerschaften ihren Dienst, auch wurden sie fast von allen Nationen auf ähnliche Art gebildet, als Reisende, den Wanderstab in der Hand, auf dem Haupte den deckenden Schirmhut, denn keiner Nation fehlt es an einer Sage von Göttern, welche als freundloße Fremdlinge von einem gastfreien Hause aufgenommen, dem Hause, das sie also aufnahm, durch Schutz und tausendfache Wohlthaten dankten. Diese Art Gottheiten fanden immer die zärtlichsten und treuesten Anhänger. Der hülfsbedürftige Mensch, dem es natürlich ist, beim unablässigen Gefühl seiner Schwächen, auf eine höhere ihn leitende und unterstützende Hand zu sehen, nahm immer weniger gern seine Zuflucht zu den erhabenen Bewohnern goldener Tempel, als zu den alten prunkloßen Schutzgeistern seines Hauses, zu deren Füßen eine Väter geweint, und sich gefreuet hatten, den stillen Zeugen einer verborgensten Handlungen, den Theilnehmern jeder Trauer des Hauses, und jedes Festes, das mit reichlichen Opfern auf ihrem Altar, dem häuslichen Herde, und unter ihren Augen gefeiert ward.

Die fromme Voadicea verschloß sorgfältig die Hausthür, um jetzt auch hier zu beten. Gute Geister meines Hauses, so flehte sie mit stillem Weinen, könnt ihr mir die Lorbeern, die ich zu euren Füßen lege, fürwahr ein Opfer, das selten ein Weib bringt, könnt ihr mir sie nicht anders lohnen, als durch diese bösen Zeichen? Ach, wo sind meine Töchter? und wo ist ihre Retterin, wo ist Flavia?

Antwort auf die erste deiner Fragen, flüsterte es aus der kalten Asche des Herds, hättest du erhalten, wäre die letzte nicht über deine Lippen gegangen. Unheilige Namen nennt man nie ungestraft vor den Ohren der Götter. Trockne jetzt die blutigen Thränen von unsern Wangen, und mache dich gefaßt, bald deine Verblendung noch bitterer zu beweinen, als wir sie beweint haben.

Die Königin war es zu gewohnt, an dieser Stätte Red' und Antwort auf ihre Fragen zu erhalten, um über die Götterstimme zu erschrecken, nur ihr Inhalt schreckte sie; auch war es ihr ungnüglich, was sie vernahm; sie wollte mehr wissen.

O ihr! schrie sie, die ihr tröstend über meinen Thränen wachtet, als ich hier den besten der Gatten beweinte! O ihr, die ihr mir Muth gab, diese Krone aufzusetzen, und Rath zu dem, was mir den ersten Sieg über eure und Icaniens Feinde gewann, laßt mich jetzt nicht rath-, muth- und trostlos zu euren Füßen, redet deutlicher, und lehrt mich, jetzt da vielleicht Augenblicke kostbar sind, diese Augenblicke durch Thaten auszeichnen.

Voadicea wein' und betete umsonst. Wohl stieg zuweilen die weiße Asche des Herds, wie von dem Hauch eines unsichtbaren Wesens bewegt, in kleinen Kreisen empor, und ein leises Flüstern schien sich zu erheben; doch vergebens neigte sich ihr Ohr nach dem schwachen Laute; das Zirpen des Heimchens verschlang die Stimme, und die Worte: du fragtest zu selten, um jetzt glücklich zu fragen! — Ja! Augenblicke sind kostbar! — Verloren ist verloren! — waren wohl mehr der Ruf ihres eigenen Gewissens, als ein Ausspruch der Gottheiten, die, sie nahm es jetzt mit Schrecken wahr, sich während sie flehte, von ihr nach der Wand gekehrt hatten, als wollten sie ihr auch nicht einmal mehr den Anblick ihrer verschlossenen Lippen gönnen.

Man kann sich nichts traurigeres denken, als die Stunden, welche die Königin, während das Volk draußen ihren letzten Sieg mit lautem Jauchzen feierte, an ihrem einsamen Herde zubrachte, bis der Abend einbrach, und die von außen beginnende Stille das Vorzeichen der Trauerpost ward, auf welche die drohenden Worte der Hausgeister gedeutet haben mochten.

Es war Mitternacht. Man klopfte an die geschlossene Hausthür. Die Königin öffnete.

Was bringt du, Bothe? fragte sie den Mann, der mit athemloßer Eile hereinstürzte.

Ist das Gerücht von Mona noch nicht zu euch herüber gekommen?

Von Mona? — Welches Gerücht?

Ha! Das Volk taumelt vor Entsetzen, und schreit zum Himmel über diese schrecklichen Dinge, und ihr, eine Königin, seyd unwissend?

Rede! Voadicea gebietet!

O Mona Mona: Dort wüthen die Römer!

Mona schützen die Götter! Du redest im Traume!

Mona, welches einst die Götter schützten, ist durch Menschen an die Römer verrathen!

Verrathen? Mona verrathen? Du rasest!

O das ganze Volk raset! — Hört ihr, hört ihr ein Wüthen? — Viele nennen euch Verrätherin, wer wußte so, als ihr die Geheimnisse des heiligen Ortes? — Rache wird man von euren Händen fordern, oder euch zerfleischen, Euch zu warnen, kam ich hieher! Fliehet! Der Name der Siegerin der Römer, der noch heute erhaltene Triumph wird euch nicht so sicher retten als die Flucht!

Voadicea hörte mit Entsetzen, was der Bothe sagte, aber sie flohe nicht. Wie hätte sie gesollt, sie, die sich ihrer Schuldloßigkeit so lebhaft bewußt war, als ihres unüberwindlichen Muthes.

Wie weiland das Haus der Heldin Debora unter Palmen ruhte, so lag Voadiceens Haus im Schoos schützender Eichen; ihr Schatten hätte sie verbergen können, doch die, welche nicht fliehen wollte, warum sollte sie sich verbergen? Wegen der Siege, welche das Volk ihr dankte? Wegen der glanzloßen Armuth, in welcher sie unter ihm lebte? Für Vergehungen, die sie selbst noch nicht kannte, war sie ja allein den Göttern verantwortlich!

Das Geschrei des wüthenden Volks, auf welches sie der Unglücksbothe aufmerksam gemacht hatte, tönte ihr immer lauter entgegen.

Sie ging heraus aus ihrem Eichenwalde, wie eine Gottheit aus ihrem Tempel. Die eiserne Krone, welche die Wellen emportrugen, da der König sank, war das einzige Abzeichen ihrer

Würde, doch auch dieses hätte sie nicht gebraucht; Jeder, der fiel in dem Reiz, in der Majestät, die ihr die Natur verliehen hatte, dahergehen sahe, mußte sagen: dies ist die Königin von Icanien, die Siegerin der Römer, oder eine Göttin.

Das Volk verstummte, als es nahe genug kam, ihre Gestalt bei dem Scheine seiner Fackeln zu unterscheiden, Die Vordersten riefen denen, welche hinter ihnen waren, die Anwesenheit der Königin zu, welche eine Viertelstunde vorher, nach Art des tollen Pöbels, das Unglück, das sich begeben hatte, von der Hand der Herrscherin fordern wollten, konnten jetzt keine Worte finden, ihr, der Fragenden, das selbe kund zu machen, und die, welche vorher Rache für das entheiligte Mona mit Gewalt von ihr erzwingen, oder sie an ihr selbst nehmen wollten, flüsterten sich zu: dem freien Willen der Königin müsse alles überlassen werden, wegen keiner Sache müsse man sie zur Rechenschaft ziehen; sie habe zu oft dem Lande glücklich gerathen, um hier fehlen zu können.

Voadicea war in einem Zustande, welcher der Verzweiflung des Volks nichts nachgab, als sie endlich umständlich erfuhr, was sie bereits aus den Worten des Bothen, und der Weissagung der Götter ahnden mußte. Mona, die heilige Insel Mona, die Verwahrerin der verborgensten Geheimnisse der Gottheit, die Mutter und Lehrerin der weitesten unter den Sterblichen, der heiligen Druiden, und ach, (ihr Mutterherz setzte leise stöhnend hinzu) der Aufenthalt der verlorenen Prinzessinnen, war in der Gewalt der Römer! Auf eine Menschen unbegreifliche Art, hatten sie den Zugang der Unzugänglichen gefunden. Am Tage des großen Festes des Friedens, der Monas Vertheidigern alle Waffen aus den Händen wand, hatten sie sich herein geschlichen, wie der Wolf unter die sichere Heerde. Die Schrecknisse, mit welchen, laut der Britischen Sage, die Götter ihre Insel rings umlagert hatten, und die, besonders an den sieben Pforten des großen Tempels wachen sollten, welcher das Herz der Insel ausmachte, hatten die Sieger nicht zurückgehalten, und alles schwamm schon im Blute, die Priester der Gottheit verdarben bereits den Opferfeuern, die sie selbst angezündet hatten, als man noch fragte, wie das zugehe? wo der Feind hineingedrungen sey? und ob irgend ein Rachgott ihn aus den Wolken gegossen, oder ihm Flügel gegeben habe, über die Felsen zu schweben.

Die Eil, mit welcher Voadicea die Rache der Thaten beschleunigte, welche hier jedes Herz zu Stein machten, war unglaublich. Die Wuth des Volks kam ihrem Eifer zu Hülfe und doch — kam man zu spät.

Mona war von den Feinden verlassen, Sie waren weniger der Gegenwehr, als dem Geheul, und den Abscheu erregenden Verwünschungen der gestörten Diener der Gottheiten dieser Insel gewichen. Eine Gruppe mit Fackeln bewaffneter Weiber, von einer Riesengestalt angeführt, hatte den großen Svetonius Paulinus, den Römischen Stadthalter, zuletzt noch in sein Schiff zurückgeschreckt, und man fand also in der That hier nicht einen Feind mehr, ihm den Weg zu zeigen, den er bereits gegangen war; aber, was war damit gewonnen? Die schönen Tempel der Insel, Wunderwerke ihrer Zeit, und vielleicht auch der unsrigen, wenn sie bis hierher wären erhalten worden, waren zerstört; alle heiligen Hayne, alle Wunderorte, deren es hier so viele gab, eingeäschert, und ach, was mehr war, als alles, tausend Unschuldige ermordet, tausend andere in eine Gefangenschaft hinweggeführt, für welche jeder redliche Brittanniner damals lieber den Tod gewählt haben würde.

Mit welcher Verzweiflung Voadicea hier in der allgemeinen Verheerung ihre Töchter suchte, ist unnöthig zu erwähnen; daß sie auch Flavien mit zärtlicher Unruhe suchte, daß ihr kein Gedanke kam, diese Verrätherin, welche sich so hinterlistig in das Zutrauen der Königin und in alle Geheimnisse des Landes zu stehlen gewußt hätte, könne Ursache an dem ganzen unübersehbaren Unglück sein, dieses war zu bewundern, und verdient in der That, als ein Beyspiel der möglichen Verblendung einer großen Seele angeführt zu werden.

Während Paulinus, von den Schrecken der Insel Mona ergriffen, nach London eilte, um sich gegen das aufgebrachte Volk, dessen Geheimnisse er entweiht hatte, fest zu setzen, während die Rächerin Voadicea sich gleichfalls rüstete, öffentlich für ihre Götter und heimlich für ihre Töchter, welche sie von den Römern entführt glaubte, blutige Genugthuung zu fordern, regten sich auf der nun fast ganz verödeten Insel Mona, die einzigen daselbst noch übrigen lebenden Wesen, um sie ebenfalls zu verlassen.

Aus einer der höchsten Felsenklippen, welche diese Insel umgeben, stieg beim Untergange der Sonne jenes schrecklichen Tages, ein mächtiger Adler empor, er schauete mit den Augen, welche jeden irdischen Glanz vertragen können, erst dem flammenden Feuerballen nach, der sich eben ins Abendmeer senkte, und dann spähte er mit durchdringendem Blick auf das Leichengefilde tief unter sich herab, als wollte er sich noch einen Raub erkiesen. Er zeichnete, einen weiblichen Körper unter dem blutigen Gemisch aus, stürzte sich auf ihn, und zerfleischte ihn, ohne sein Blut zu kosten, dann schwang er sich von neuem in die Lüfte, lockte dreimahl mit dem zärtlichen Ton, welchen wir bei jeder Thiergattung gegen ihre Jungen bemerken, und augenblicklich stiegen aus der Kluft, die er anfangs verlassen hatte, neun silberweise Tauben in die Luft, welche dem Fluge, den er ihnen über das Meer bezeichnete, folgten, und sich zuletzt an der Irrländischen Küste auf dem schönen Vorgebürge Bengora niederließen, wo ihre Pflegemutter, die sie lockend unter ihre Fittige sammelte, ihnen schon Nest und Nahrung bereitet hatte.

Es gibt unter euch, meine Leser, einige, welche mit besonderm Scharfsinn begabt sind, denen man, vornehmlich in so wahrscheinlichen und glaublichen Geschichten, wie diese sind, nur Winke zu geben braucht, um sie gleich errathen zu lassen, wo man hingedenkt; sollten nicht einige von diesen auserwählten Kindern der Märchenmuse, in der Reisegesellschaft nach Bengora und in dem zerfleischten Leichnam, der auf Mona zurück blieb, bereits alte Bekannte vermuthet haben?

Dem sei wie ihm wolle, so viel ist gewiß, daß Voadicea, als sie nach einem neuen über die Römer erfochtenen Siege etwas Ruhe gewonnen hatte, um an sich selbst zu denken, bereits angefangene Nachforschungen ernstlicher fortsetzte, und glaubhafte Bothschaft erhielt: obgleich Flavia unter den Erschlagenen von Mona wirklich gefunden worden sei, so habe die Königin doch keine Ursache, von ihren Töchtern ein ähnliches Schicksal, oder gar die römische Gefangenschaft, zu vermuthen. Ganz gewiß habe die Zauberin, (wir sprechen jetzt nach der Adlergeschichte diesen Namen ohne Bedenken nach) — ganz gewiß, habe die Zauberin Velleda die Prinzessinnen glücklich von Mona davon gebracht, und sie auf einer entfernten Küste dieser Eylande verborgen, wo sie noch vor kurzem einige vorüber segelnde Schiffer, am Ufer des Meeres badend, gesehen haben wollten.

Welche eine Nachricht für die zärtliche Mutter! Sie hätte weit weniger Gewißheit von dem Leben und dem Aufenthalte ihrer Töchter gebraucht, als ihr die Aussager wirklich geben, konnten, um sich selbst auf den Weg zu machen, die Verlornen aufzusuchen. Sie selbst, sie selbst wollte spähen, und Versuche zu Wiedererlangung ihrer Kinder anstellen. Flavia, über welche sie reiferes Nachdenken und bedenkliche Gerüchte längst zweifelhaft gemacht hatten, war es, die ihr einen Argwohn gegen jede menschliche Seele einflößte, welcher sie sich in dieser wichtigen Sache hätte vertrauen können.

Voadicea sahe bei Ausführung ihres Entwurfes keine größere Schwierigkeit vor sich, als die, wie sie die Ruhe ihres Volks sicher stellen und dasselbe ohne Gefahr verlassen könnte. Aber als dieses, vermittelt eines Waffenstillestandes mit ihrem gefürchteten Feinde, welcher zu edel dachte, dergleichen Verträge zu brechen, geglückt war, so lagen noch weit mehr Bedenklichkeiten vor der guten Königin, als sie gemuthmaßt hatte.

Es gibt Leute, welche in der Welt alles gesehen haben, und die dann, wenn man sie genauer befragt, keinen Bescheid zu geben wissen, wo man etwa das nehmliche sehen könnte. Die Reisenden, welche die erste Nachricht von dem wahrscheinlichen Aufenthalt der Prinzessinnen gegeben hatten, befanden sich längst nicht mehr in diesen Gegenden, sie waren kühne Seefahrer, welche unablässig die Wellen pflügeten, und die vielleicht in dem Augenblicke, da die Königin ihrer Weisung bedurfte, das unbekannte Atlantis aufsuchten, oder nach dem Eylande Taprobane zusteuerten. Mit solchen Abentheuerern ist auf der Welt nichts anzufangen, wenn ihr sie in Westen braucht, so seyd ihr sicher, sie in Osten aufsuchen zu müssen.

Mit denen, welche die Aussage der ersten nur nachgebetet hatten, befand sich Voadicea noch übler dran; sie wußten allerlei Vorwände, sich aus der Sache zu ziehen, und als sie mit Ernst festgehalten und genöthiget werden sollten, die Königin dahin zu führen, wo der mütterlichen Liebe Hoffnung winkte, da machten sie sich aus dem Staube, und hinterließen der, welche sich ganz auf sie verlassen hatte, nichts, als die Aussicht auf einen langen gefahrvollen Weg, auf welchem es ihr an einem Führer fehlte. Mittlerweile verfloß, von der Zeit des Waffenstillstandes, ein Monat nach dem andern, und Voadicea mußte fürchten, diese theuer erkauften Tage verschwinden zu sehen, ohne den gehofften Nutzen erlangt zu haben.

Unter allen den erfahrenen Seeleuten, welche die Königin über ihre Fahrt zu Rathe zog, war endlich ein alter Steuermann, welcher sich folgendermaßen gegen sie erklärte: Frau Königin, meine Sache ists nicht, mich solcher Dinge zu rühmen, die ich nicht leisten kann, ob ich gleich vielleicht meinem Ruhme eine bessere Farbe anstreichen könnte, als andere, denn ich habe der Dinge in der Welt gar viel gesehen, und wollte, von Wundern aus Süden und Norden zusammengetragen, die ich mit Augen erblickte, leicht einen blauen Dunst bilden, der euch mit trüglicher Hoffnung täuschen, und mir Danks und Lohns genug von euch bringen würde. Hört indessen meinen Rath. Zwar weiß ich nicht, wo die Gegend eigentlich ist, da man eure Töchter gesehen haben will, aber mich dünkt, wir gehen in Gottes Namen unter Segel, fahren gemach an die Irrländischen Küsten hin, bis zum Riesendamm, da euch denn der Himmel schon weiter helfen wird; so viel ist gewiß, kann Zauberei irgendwo ihr verborgenes Wesen haben, so ists in dasiger öden Gegend des Meers, die kein Schiffer gern befährt, und was ihr dort nicht findet, das werdet ihr in allen hiesigen Gewässern vergeblich suchen.

Voadicea war froh, nur einen kleinen Schein von Hoffnung zu sehen, und mit gutem Muthe trat sie eine Reise an, deren Dauer oder Richtung wir auf keine Art bestimmen können. Die Schifffahrt war damals noch bei weitem nicht, was sie heut zu Tage ist, und die alten Benennungen der Orte, nebst den Veränderungen, welche eine Zeit von viel mehr als tausend Jahren zu Land und Wasser machen kann, führen wohl bessere Geographen irre, als wir uns zu seyn rühmen.

Genug, die Königin kam endlich in Gegenden an, deren Aeußeres schon hinlänglich war, ihre Erwartung zu den ungewöhnlichen Dingen zu stimmen, denen sie mit Ungeduld entgegen sah. Das Schiff steuerte in Gewässer, welche es mit träger Fluth auf ihrem Rücken dahin trugen. Alles athmete hier öde einförmige Stille, kein Fahrzeug begegnete dem andern, kein lebendiges Geschöpf regte sich im Schooße des Meeres, kein Vogel durch strich die Lüfte, kein Wind kräuselte die Wellen, und die Küste, die sich von fern vor dem Auge hinzog, vollendete durch ihre tiefe schwarzgraue Farbe das traurige Gemählde auf eine Art, die den Sinnen keinen Reiz, dem Geiste keine Unterhaltung, und dem Herzen eine gewisse angstvolle Empfindung gab, die niemand lange auszuhalten vermochte.

So weit, sagte Voadiceens Steuermann, so weit ist mirs möglich, euch zu bringen, wär ich auch zu mehrerer Wagniß bereit, so würde ich doch unter der ganzen Mannschaft meines Schiffs nicht einen finden, der mit mir eines Sinnes wär; alles, was ich thun kann, ist, daß ich eine von jenen kleinen Bayen zu gewinnen suche, und mich dort vor Anker lege. Die Chaluppe ist euer, könnt ihr euch durch die Künste der Ueberredung, die ihr so gut versteht, einen Reisegefährten gewinnen, darf das Schiff nicht verlassen, ohne mich und euch in die äußerste Gefahr zu setzen.

Nie hat sich, seit Isis die Meere durchstrich, den verlornen Gemahl zu finden, eine schiffende Königin in größerer Verlegenheit befunden, als Voadicea. Wahrscheinlich, (ihr Herz machte es ihr glaubhaft, und einige Merkzeichen, welche von den ersten Schiffern, die die Prinzessinnen gesehen haben wollten, angegeben worden waren, bestätigten es,) wahrscheinlich befand sie sich nun in der einzigen Gegend der Welt, wo sie die Erfüllung ihrer Wünsche hoffen konnte, aber sie zeigte sich ihr nur in der Ferne, wie sollte sie sich ihr näher bringen?

Aus der Bucht, wo sich das Schiff vor Anker gelegt hatte, gewannen nur ihre Augen etwas, die Aussicht auf die Küste, wo vielleicht ihre Kinder lebten. Sie schauete einen Tag wie den andern in die blaue Ferne hinaus, sie strengte ihre Sehnerven an, im Morgenroth und im Mondschimmer, aber Adlerblicke hätte sie haben müssen, um etwas anderes zu entdecken, als schwarze Basaltgebürge, die durch die fabelhafte Sage, mit welcher sich damals der Aberglaube trug, noch fürchterlicher gemacht wurden, als durch ihr trauriges einförmiges Ansehen.

Voadicea hatte Muth alles zu wagen, um ihre Kinder wieder in ihre Arme zu bringen, ach was sage ich, um nur die Wahrscheinlichkeit auszuspähen, ob sie hier zu finden seyn könnten; aber, was ist Muth ohne Kräfte? Das Fahrzeug, welches ihr der Schiffer zu ihren Absichten anbot, war eine Chaluppe, welche ihre Arme zu regieren zu schwach waren, gleichwohl konnte kein Gold, dessen sie von der Römischen Beute genug zu sich genommen hatte, gleichwohl konnten keine Versprechungen, an denen sie gleichfalls nicht arm war, ihr einen Gefährten auf der bedenklichen Reise erwerben.

Wenn sie auf dem Verdeck des Schiffes saß, und mit sehnendem Blick die Meeresfläche maß, die sie gern überflogen hätte, um zu ihren Wünschen zu gelangen, so gesellete sich wohl mancher von der Schiffsmannschaft zu ihr, und wem ihr Jammer zu Herzen ging, oder wen der Wunsch, schnell sein Glück zu machen, lockte, schien aufmerksam ihren Versprechungen und Bitten zu horchen, aber bald war wieder eine der abentheuerlichen Sagen von der Basaltküste auf der Bahn, welche die arme Königin wieder tausend Meilen weit von ihren Hoffnungen entfernte.

Sehet ihr jene Brücke von ehernen Pfeilern, sagte einer, indem er auf eine Gegend des schwarzen Vorgebürges deutete, man nennt sie nur den Riesendamm. Als die alten Riesen, welche den Himmel stürmen wollten, von den Göttern auf jene Insel verbannt wurden, da dachten sie, sich durch dieses ungeheure Werk, welches nur Hände, wie die ihrigen, beginnen konnten, den Weg zum festen Lande zu bahnen; aber ein Blitz vom Himmel vernichtete ihre tollkühne Arbeit, und verwandelte sie selbst in Stein. Jene Reihe von kolossalischen Säulen, welche über alle andere hervorragen, sind die verwandelten Söhne der Erde; wer sich ihnen naht, um die Narben, die ihnen der Donner brannte, genauer zu betrachten, der wird, wie sie, in Stein verwandelt. Viel kühne oder unwissende Schiffer haben dies Schicksal gehabt, und ihre Fahrzeuge, nebst allem, was sie enthielten, konnten diesem Urtheile nicht entgehen. Ihr müßt, wenn ihr genau zusehet, noch eigentlich die Figur von Schiffen, Segeln und Masten in jener Felsengruppe, und in dieser und in dieser entdecken können.

Was kann nicht die Einbildungskraft aus unbestimmten Figuren machen; Voadicea sahe dem einen der Mährchenerzähler zu gefallen, Schiffe, Segel und Masten, ein anderer zeigte ihr Menschen- und Thiergestalten und ein dritter die Ruinen einer prächtigen Stadt, welche, so erzählte er, als das Maas ihrer Sünden voll war, einst durch Feuer vom Himmel in den narbichten schwarzgrauen Stein verwandelt wurde, der das ganze jenseitige Ufer bedeckte; Gefahr, in Stein verwandelt, vom Donner erschlagen, oder unter den ungeheuern Trümmern begraben zu werden, wurde allemal in die Erzählung mit eingekettet, und Voadicea sahe endlich wohl, daß sie jedes Wort, jede Verheißung, jedes Geschenk, vergeblich verschwendete, ihre Reisegefährten zu Wagnissen zu bringen, die nur einer verzweifelnden Mutter leicht seyn konnten.

Das schlimmste bei der Sache war, daß endlich Schiffer und Schiffsvolk des langen nutzlosen Harrens in diesem Felsenwinkel überdrüßig wurden, und auf die Abreise drangen.

Es lies sich nicht läugnen, man athmete hier eine schwere herzbeengende Luft, welche die Sehnsucht, diese Gegend zu verlassen, natürlich machte selbst die Königin fühlte genug hiervon und der Gedanke an den zu Ende laufenden Waffenstillestand, wäre nicht einmal nöthig gewesen, um den Wunsch nach baldiger Beendigung des langweiligen Abentheuers bis zum quälenden Ungetüm zu erhöhen.

Nachdem Voadicea die Hälfte eines Mondswechsels auf diese Art zugebracht hatte, überzeugte sie sich völlig, daß sie sich selbst helfen, oder unverrichteter Sachen zurückkehren müßte. Sie machte ihren Plan insgeheim, um nicht von ihrem Freunde dem Steuermanne, von ihrer tollkühnen Ausführung abgehalten zu werden; tollkühn würde jeder Unbefangener ein Unternehmen genannt haben, welches nur etwas weniges besser war, als sich in die Wellen zu werfen und Gewässer zu durchschwimmen, welche in der Gegend, wo sie sich an den Felsen brechen, wohl für feste Schiffe gefährlich waren.

Die treue Mutter, welche entschlossen war, ihrem Herzen Genüge zu thun oder zu sterben, machte heimlich Bekanntschaft mit einem Fischer, welcher oft in der Bucht, wo das Schiff vor Anker lag, seine Netze auszustellen, pflegte. Nachdem sie auch ihn vergeblich zu bereden gesucht hatte, sie auf ihrer Chaluppe nach der Basaltküste über zu führen, kaufte sie ihm einen flachen Kahn ab, dessen Rand mit dem Wasser fast gleich ging, und der sich der Käuferin durch nichts empfehlen konnte, als dadurch, daß er leicht genug war, sich bei stillem Wetter von schwachen Weiberarmen regieren zu lassen.

Voadicea säumte nicht, einen Versuch mit ihrem theuer genug bezahlten Fahrzeuge zu machen, und der Mond leuchtete ihrer Reise. Sie mußte die Zeit der Nacht wahrnehmen, weil ihr Freund der Steuermann ihrer am Tage mit zu gutherziger Sorgfalt hütete, als daß sie irgend ein kühnes Unternehmen vor seinen Augen hätte wagen dürfen.

Das Meer war ruhig, der Himmel spiegelte sich in der klaren Fluth, und doch hatte die Fahrt Schrecknisse, welche nur Voadiceens furchtloße Seele aushalten konnte. Als die Schifferin hinter der Bucht hervorkam, aus welcher man die Basaltküste bei weitem nicht ganz überschauen konnte, als sie sich ihr in ihrer ganzen Ausdehnung, mit allen ihren seltsamen Riesengestalten, von Finsterniß und Mondsschimmer noch um die Hälfte erhöht, darstellte, als die Königin die furchtbare Wildheit der großen Vorgebürge, in deren Schatten ihr Kahn jetzt dahin gleitete, herbei nahen sah, und das ungewöhnliche Brüllen des Oceans hörte, mit welchem er zu seinen Füßen tobt, da wär es doch wohl kein Wunder gewesen, wenn ihr der Muth entsunken, und das Ruder in die wilden Wellen entglitten wär. Aber Voadicea hatte Herz genug, die Fahrt nicht nur ein, nein mehrere male, zu machen, und sich nicht durch Vergeblichkeit ihres Herumkreuzens, von neuen und immer neuen Versuchen abschrecken zu lassen.

Etwas hatte sie schon gewonnen: mehrere Bekanntschaft mit der Gegend. Hätte auch die wilde Größe der Gegenstände, bei denen sie vorüberkam, anfangs ihren Puls schneller schlagen gemacht, so mußte doch diese Bewegung mit jedem male, da sie von neuem den gefährlichen Weg beschiffte, gemäßigter werden, und endlich gar nachlassen.

So viel sahe die Schifferin, jetzt noch deutlicher, als sie von jeher gedacht hatte, daß es mit den gefabelten Gefahren dieser Küste nichts zu sagen habe, auch schienen die Wellen den Nachen, den die treuste muthigste Leidenschaft, die Mutterliebe regierte, zu respectiren, die Winde scheuten sich, ihn anzuhauchen, und mehr als einmal schien eine unsichtbare Hand das Fahrzeug vor Wirbeln und verborgenen Klippen, deren es hier nicht wenig gab, behutsam vorüber zu steuern.

Es war der siebente Tag nach Voadiceens erstem Versuch; der Mond ward diese Nacht voll, und der Schiffer deutete der Königin an, daß er nur noch dreitägige Frist von seinem schwürigen Schiffsvolke erhalten habe, und daß nach Verlauf dieser Zeit schlechterdings das müßige Harren in diesem Winkel ein Ende haben müsse. Es sind ja der Gegenden der Welt mehr, sagte er, wo ihr hoffen könnt, das was ihr sucht, zu finden! Gegenden, denen ihr euch mehr nahen, wo ihr eher erwarten könnet, den Zweck eurer Reise zu erlangen. Von dieser hier werdet ihr nun wohl durch langes Anschauen endlich so viel begriffen haben, daß sie kein lebendes Wesen beherbergen kann; nicht einmal eine Stelle zum Landen findet sich hier; ihr würdet dieses gewisser wissen, wenn ihr jener Küste so nahe gekommen wäre, als ich ihr einst durch Unfall gebracht wurde.

Niemand kannte die Küste bey nahen als die Königin, und der Schiffer konnte ihr die Geschichte einer unglücklichen Seereise, wo er an dieselbe verschlagen wurde, umständlich erzählen, ohne ihr etwas neues zu sagen. Während er sprach, dachte sie an ganz andere Dinge, an Wiederholung der Reise auf diese Nacht, denn sie hatte in der vorigen etwas wahrgenommen, das ihr sonderbare Gedanken machte.

Als sie gestern vor den näher liegenden Basaltklippen vorübergeschifft war, da kam sie in eine Gegend, die sie in solcher Nähe noch nicht gesehen hatte. Die schwarzen Säulenreihen, die auch hier die Küste bekleideten, ruhten auf einem röthlichen Gestein, welches der düstern Felsengruppe ein lachendes Ansehen gab, und nach dem Meere zu sich mit einem breiten Abhange endigte, welcher mit kurzem weichen Rasen bewachsen war, und die einige Ausnahme in einer Gegend zu seyn schien, aus welcher alle Vegetation verbannt war. Was die Königin noch mehr in Verwunderung setzte, war eine Menge silberweiser Schwäne, welche hier sich, theils in

Mondsschimmer badeten, theils auf dem grünen Boden ihr Gefieder zu trocknen schienen, diese schönen Geschöpfe von reinem Himmelslichte angeglänzt, im Widerschein der klaren Fluth, gaben ein reizendes Gemählde; die Schifferin wollte es immer näher und näher genießen, der Anblick lebender Wesen in dieser öden Gegend war ihr zu angenehm, zu unerwartet, sie baute auf den selben die Hoffnung von Nähe eines Hafens, vielleicht von der Nähe menschlicher Geschöpfe, aber kaum schwamm sie mit ihrem Nachen heran, so rauschten die Vögel Cytherens, von dem Plätschern des nahenden Kahns geschreckt, aus der Fluth empor und ssuchten das Ufer. Ihre dort ruhenden Gefährten ergriffen nebst ihnen mit ausgespannten Fittigen die Flucht, und sonderbar wars, daß die Schifferin gerade der Fliehenden neune zählte; neune, die geweihte Zahl, welche der Mutter, die eben so viel Töchter verlor, immer heilig war. —

Personen, wie unsere abentheuerliche Königin, haben einen eigenen Sinn, der ihnen in Fällen, wie dieser ist, zurecht hilft.

Warum eben neune? dachte sie auf der Rückfahrt, dachte sie den ganzen Tag, und auch während des Schiffers langer Erzählung, die wir verschwiegen haben. Warum eben neune? sagte sie fast laut, als sie um Mitternacht wieder in den Kahn trat; sollte hinter dieser Zahl etwas glückliches für dich, du arme gekränkte Mutter, verborgen seyn? Dies ist ja die Basaltküste, an welche man dich um Wiederfindung deiner Kinder verwies, und dies die Zeit des Vollmonds, welche, wie die Weisen berichten, immer der Auflösung boshafter Zaubereien am günstigsten war.

Voadiceens Phantasieen durchkreuzten sich mit schwärmerischer Wildheit; so unruhig hatte sie noch keine Fahrt begonnen, selbst nicht die erste. Ihr Herz schlug hörbar, und kaum konnte sie die Zeit erwarten, da der langsam gleitende Kahn, dessen Lauf kein Rudern beschleunigte, die Gegend erreichte, wo in voriger Nacht die Schwäne badeten.

Ihr fester Entschluß war, einen Versuch zu machen, ob es möglich sei, in dieser Gegend zu landen; der jähe Abhang der Küste, und die Unmöglichkeit, den Kahn an irgend einer Stelle zu befestigen, zeigte einige Schwierigkeiten, doch in der Nähe ließ sich alles besser beurtheilen, und siehe, schon kam die Spitze des schönen Vorgebürges hinter seinen rauhen Nachbarn zum Vorschein, ein liebliches Grün bekleidete sie, aber keine Schwäne badeten das mal in der Nähe.

Immer kühner und kühner nahete sich die Schifferin. Sie hätte jetzt den weichen Rasen mit der Hand erreichen können, und die Versuchung auszusteigen würde groß gewesen seyn, wenn sich nicht Zweifel wegen der Rückkehr und noch größere Zweifel geregt hätten, wohin der grüne lachende Hügel führen möchte, welcher auf seiner Stirn eine doppelte Reihe von schwarzen Säulen trug, deren höchste Ordnung wohl vierzig Fuß messen mochte, und die so dicht an einander schlossen, daß kein Eingang zu sehen war.

Nie hatte Voadicea die Wunder dieser Küste so ganz nahe betrachtet; sie überzeugte sich fest, dies könne weder Spiel der Natur, noch eine Gruppe verwandelter Riesen seyn, vielleicht eher die Hinterseite eines von Menschenhänden errichteten Gebäudes, von Menschen bewohnt, und nur von der Unwissenheit verkannt und geflohen.

Die Augen der Königin suchten einen Eingang, sie schauete und vergaß fast darüber das Schwanken des Kahns, in welchem nur noch einer ihrer Füße ruhte, indessen die Spitze des andern das Ufer berührte; in ihrem Auge glänzte Forschbegier und die gespannteste Erwartung, sie vergaß sich selbst und ihr Fahrzeug, das die Fluth mit jeder Minute unter ihr davon zu führen drohte.

Ihre Augen, welche die Höhe des Wundergebäudes maßen, wurden jetzt schnell zurück gezogen, indem sich auf einmal für einen andern ihrer Sinne, aus einer niederen Gegend, Reitz und Beschäftigung zeigte. Der sanfte melancholische Ton einer Flöte, kam aus einem Gewölbe, das ohngefähr zwanzig Schritte von ihr einige dicht ans Wasser grenzende Felsen, bildeten, hervor, und bald darauf trat eine weibliche Gestalt aus den Schatten, welche Voadicea beinahe mit einem lauten Freudengeschrei begrüßt hätte; ein menschliches Wesen in so einer öden Gegend, welch ein Anblick für eine Abentheurerin, wie die Königin von Icanien.

Die Flötenspielerin lagerte sich, ohne die Dame in dem Nachen gewahr zu werden, auf den Rasen, setzte ihr Rohr zu neuen Melodien an den Mund, sah oft nach den Felsen zurück, die sie eben verlassen hatte und still und langsam stahlen sich hinter denselben nach und nach eine

Anzahl milchweiser Lämmer herzu, welche sich rund um die Hirtin lagerten, und nachdem sie eine Zeitlang der süßen Melodie, welche die jenseitigen Felsen zurückgaben, mit sinkenden Augen gehorcht hatten, eins nach dem andern in Schlummer sanken.

Schlummert nur, schlummert, ihr sanften Geschöpfe, rief die Hirtin, welche ihre Flöte bei Seite gelegt hatte, und die nächsten ihrer Lieblinge streichelte. Genießt die Erfrischung der Nacht, am Tage hindert mich die Furcht vor dem Wolf euch auszuführen.

So sprach sie, und wahrscheinlich würde sie noch mehr gesprochen haben, aber Voadicea, welche eben die Hirtin genauer ins Auge gefaßt und die Zahl ihrer Lämmer überzählt hatte, that einen lauten Schrei; das Gesicht verschwand, und das Schwanken des Kahns, den ein Windstoß ergriff, erinnerte die erschrockene Schifferin, einen festern Stand zu nehmen und das Ruder zu brauchen, das bisher beim Geschäft des angestrengten Sehens und Hörens müßig in ihrer Hand geruhet hatte.

O Himmel! Himmel! schrie die Königin, die wohl nicht zu ungelegenerer Zeit hätte schreien können; wieder die heilige Zahl neune, und was noch mehr ist als alles, die Hüterin der kleinen Heerde, ein Wesen das ich nie verkennen kann! O Velleda! Velleda! Deinen Namen ruft mir die lebhafteste Erinnerung zu! Wie? du an der Spitze meiner Heerde? O diese Lämmer sind mein! Das Geheimniß ist gelößt, der Zauber entdeckt! Helft mir, all ihr Himmel, ihn zu vernichten!

Freilich hatte Voadicea keinen andern Zeugen ihrer Klagen als den Himmel, der sich über ihr mit Wolken umzog, und das Meer, dessen Wellen unter ihr ungestümer schlugen als je zuvor. An der Küste, welche sie verließ, war es so öde und still, als hätten nie daselbst Lämmer geweidet und Flötentöne gelispelt, auch kam ihr dieselbe bald aus den Augen, und ein Glück war es für sie, daß die Gewalt der Fluth den Nachen mit Ungestüm dem Schiffe zutrieb. Ein Ungewitter jagte hinter ihm her, das ihn, hätte es ihn auf hoher See getroffen, sammt seiner Führerin in den Abgrund begraben haben würde.

Der Schiffer, der auf dem Verdeck war, die Arbeiten zu regieren, welche der kommende Sturm nöthig machte, sahe den nothleidenden Nachen, und gab Befehl zu einer Rettung. Voadiceens geheime Wanderungen waren entdeckt, nichts lies sich mehr verbergen, und als das Gewitter ausgetobt hatte, brachen alle Stürme der verweisgebenden Freundschaft über sie herein wegen des tollen Wagestücks, das sie unternommen hatte, und über welchem sie bald zu Grunde gegangen wäre.

Die Königin hatte nichts zu thun, als ihrem Freunde, dem redlichen Steuermanne zu bekennen, daß sie das, was ihr beinahe das Leben gekostet hatte, heute nicht zum erstenmal unternahm; der Seemann hörte ihr mit Erstaunen zu, und als er von ihr auch die Begebenheiten der letzten Nächte vernahm, da gerieth er in ein tiefes Nachdenken, das er endlich mit folgenden Worten unterbrach:

Königin! über euch waltet auf eine Sonderbare Art die Hand der Götter, niemand als sie konnte eure ersten Fahrten lenken, und niemand als sie belohnte die letzten, durch Winke über das, was ihr sucht, die nur ein Blinder verkennen kann. Ja, unabstreitbar gewiß ists, die Zauberin hält eure Töchter, in mannichfaltiger Verwandlung, an jener Küste gefangen, und da wir erst hierüber Gewißheit haben, so kann, so darf ich auch nicht, ohne grausam, ohne unmenschlich zu seyn, euch weitere Hülfe versagen. Seyd getrost, ihr sollt die Reise noch einmal, aber ihr sollt sie nicht in eurem elenden Nachen, ihr sollt sie nicht allein machen. Ich selbst will euch in einem bessern Fahrzeuge hinüber steuern; das vorübergerauschte Gewitter verspricht morgen einen schönen Tag, auch die Nacht wird ruhig sein. Ich werde Anstalten treffen, daß man mich im Schiffe nicht vermißt, und wenn die Götter wollen, so lichten wir morgen die Anker, um euch und eure Verlorenen ins Vaterland zu steuern.

Ach, zu schön, schluchzte die Königin, welcher zugleich Trauer- und Freudenthränen aus den Augen drangen; ach, zu schön sind diese Vorstellungen! Denn sollte sich gleich alles bestätigen, und fänden wir auch morgen meine Töchter wieder in irgend einer Verwandlung, wer lößt dieselbe? Oder, wer bringt die Geraubten aus der Macht ihrer Entführerin in die unsrige?

Ich habe gute Hoffnung, sagte der Steuermann, denn wißt, den Ring, welchen ich, wie ich euch gestern erzählte, einst so wunderbar an der Basaltküste fand, trage ich noch; er lößt, wie ich euch gleichfalls umständlich bekannt gemacht habe, jeden Zauber, und die Prinzessinnen, eure Töchter, müssen uns verabfolgt werden, wenn sie nur selbst wollen, denn wider des Menschen Willen kann keine Gewalt.

Die Königin wußte kein Wort von dem antizauberischen Ringe, denn unglücklicher Weise hatte sie, wie ihr euch erinnern werdet, auf des Steuermanns gestrige Erzählung so wenig Acht gegeben, als wir, doch war sie zufrieden, daß ein solches Kleinod vorhanden war, ohne sich groß zu bekümmern, wo es herkomme. Wir hoffen, meine Leser, ihr werdet dieser großen Königin in der Bescheidenheit nachahmen, und uns nicht mit Fragen beunruhigen, die wir nicht zu beantworten wüßten.

Der diesem Abentheuer folgende Tag, welcher wirklich, nach Weissagung des Seemanns, ungemein schön war, wurde von dem Schiffsvolke unter mancherlei Geschäften zum morgenden Abschied aus diesen Gewässern, deren jedermann so herzlich überdrüßig war, zugebracht. Der Steuermann und die Königin hatten auch ihre geheimen Veranstaltungen; alles war wohl eingerichtet, niemand beargwohnte sie, und um Mitternacht traten sie in einem sichern wohlbesegelten Fahrzeuge, das außer neun Prinzessinnen, einer Königin und einem Steuermanne, wohl noch mehrere Menschen hätte fassen können, die letzte Reise an, welche Voadicea nach der Basaltküste machen sollte. O daß sie glücklicher gewesen wäre! — Doch wir erzählen alles fein in seiner Ordnung, ohne durch unglückweissagende Winke euch unsere Geschichte, zu verleiden.

Die Königin war erfahrner in dem Lauf, welchen das Schiff zu nehmen hatte, als der Steuermann. Siebenmal die Irische Basaltküste mit gutem Bedacht befahren, war freilich ein andres, als ein einziges mal von Sturm dahin verschlagen werden, sollte es auch gewesen seyn, um einen Zauberring daselbst zu finden. Voadiceens Augen leiteten die Fahrt, die Arme des Seemanns steuerten sie, doch schienen die ersten nicht in jeder Betrachtung ganz so klar zu seyn, als die des Schiffers.

Königin, rief der Seemann auf einmal, als Voadicea schon die Nähe der grünen Spitze von Pleaskin angedeutet hatte, und mit spähendem Blick rund umher sahe, ob sich nichts günstiges zeigen wollte; Königin! was seht ihr?

Mich dünkt, eine Anzahl weißer Sommervögel, wie sie die schwüle Nachtluft des Julius zu tausenden in den Mondschein lockt, tanzen auf der Oberfläche der See! —

Sommervögel, lachte der Alte. Die Götter behüten eure Augen, Frau Königin! Neun badende Jungfrauen sinds, die vielleicht zu euren Bekannten gehören. Nehmt diesen Ring und steckt ihn an den Daum eurer rechten Hand, so werdet ihr sehen, was ich sah.

Die Königin säumte nicht, mit dem dar, gebotenen Kleinod zu thun, wie ihr Freund sagte, und ein lauter Freudenschrei riß sich aus ihrer Brust hervor. Sie sind's rief sie mit ausgebreiteten Armen; es sind meine Kinder! O Kaedismanda! Bunduica! Cynobelline! und du meine Jüngstgeborne, deren Namen ich nicht nennen mag, kommt, kommt in meine Arme! O kommt ihr andern alle! Wie haben euch Jahre verändert! Wie schön, wie groß seyd ihr geworden! Doch kennt euch mein Auge noch, und dies Herz, welches laut eure Namen ruft, wallt euch schnell entgegen.

Das Fahrzeug war noch ziemlich fern den Küsten, als Voadicea durch Kraft des Zauberrings ihres Glücks gewiß ward, aber während ihr Mund von jenen Worten des Entzückens überfloß, hatte ein Windstoß die Reise beschleunigt, und das Schiff schwamm, mitten unter der Gruppe lachender und scherzender Mädchen einher, die, weil sie sich durch die Verwandlung, welche zuerst Voadiceens Augen täuschten, gesichert glaubten, es für unnöthig hielten, sich zu entfernen, sondern so muthwillig rings um den Kiel scherzten, als weiße Sommervögel in einer schwülen Juliusnacht nur jemals gethan haben mögen.

Voadicea fuhr fort, die Namen ihrer Kinder auszurufen, und die Arme nach ihnen auszustrecken, der Schiffer, der ein bescheidener Mann war, und ohnedem in Abwesenheit des Zauberrings, den die Königin hatte, nichts sah, hatte sich in das Hintertheil des Schiffs zurückgezogen, um die Unterhaltung der Mutter mit ihren Kindern nicht zu stören, welche doch sehr einseitig war, und nicht lange dauerte.

Die Prinzessinnen horchten anfangs, und endlich konnten sie nicht länger zweifelhaft seyn, daß irgend ein Etwas den Schleier der Zauberei, in welchem sie sich sicher glaubten, zerrissen habe, und daß sie sich diesen Reisenden in einer Enthüllung zeigten, in welcher weder Prinzessinnen, noch Hirtenmädchen, sich gern überraschen lassen.

Daß sie sich mit Namen nennen hörten, das vermehrte ihr Entsetzen, ach, sie kannten nicht den holdseligen Mund, kannten nicht das treue Mutterherz, welches diese Töne hervorbrachte! Sittsamkeit und Furcht vor Nachstellung, vor welcher sie von ihrer Hüterin fleißig gewarnt wurden, machte sie fliehen; mit Blitzesschnelligkeit rauschten sie aus dem Wasser ans Ufer, hüllten sich in ihren Schleier und verschwanden.

Ihr könnet euch das Entsetzen denken, welches die Königin befiel, als das reizendste Gesicht, das sie jemals sah, in die Luft zerflatterte, und die grüne Küste mit ihrer schwarzen Säulenkrone so einsam vor ihr lag, als sie sie jemals gesehen. Ihr vergingen am Ende die Gedanken, und der Schiffer, welcher nie gehört hatte, wie man eine Dame von Stande aus einer Ohnmacht zurückruft, ließ es dabey bewenden, sie, nachdem er ihr seinen Ring abgezogen hatte, mit einem Ruder voll Waffer zu besprengen, und dann ihr Erwachen ruhig abzuwarten.

Als er nun so saß, und auf den wieder lebendig werdenden Puls in der Hand der Königin lauschte, welche er in der seinigen hielt, da ward er gewahr, daß sich am Ufer, auf welches er einen flüchtigen Blick warf, etwas lebendiges regte; seine Augen waren jetzt durch Hülfe des Ringes wieder geöffnet, und er sahe ganz deutlich, daß es kein anderes Wesen, als eine schöne Jungfrau war, welche langsam aus den Felsen hervortrat, und mit forschenden Augen umherspähte, nach einem Gegenstande, den sie nicht lange zu suchen brauchte. Ein Windstoß hatte das Schiff nur ein wenig zurückgeworfen, es schwamm jetzt näher heran, und auch das Felsenmädchen nahte sich, so sehr des Orts Gelegenheit das möglich machte.

Reisende! rief sie mit klarer Stimme, kommt ihr aus Brittannien, und segelt ihr wieder da hin, so sagt der Königin Voadicea durch Zaubergewalt werden hier ihre Töchter festgehalten und harren auf ihre Erlösung!

Wenn eine bezauberte Prinzessin solche Worte von sich hören läßt, meine Leser, so muß man mit der Antwort so behend seyn, als gälte es die Befreiung einer Seele aus dem Fegefeuer. Der Schiffer wußte vollkommen, was ihm zu thun sei.

Jungfrau, erwiderte er, und obgleich die Königin von Icanien jetzt gegenwärtig wär, was könnte sie thun, euch der Zauberin Velleda zu entreißen?

O jetzt, antwortete die Prinzessin, jetzt ist eben die Stunde, da alles möglich wär. Velleda ist nicht daheim. Ein Festtag der Aurinien rufte sie in ihr Vaterland auf die Brukterischen Gebürge; wir sind ganz allein, und nur die Furcht, mich untreuen Händen anzuvertrauen, könnte mich abhalten — —

Erwacht, Frau Königin! schrie hier der Schiffer, welcher die Prinzessin nicht ausreden ließ. Erwacht, und sehet hier die Erfüllung aller eurer Wünsche. Entdeckt euch euren Töchtern. Euer Name, euer Anblick wird mehr vermögen, als alle meine Worte thun könnten.

Voadicea war schon gegen das Ende der Unterredung zu sich selbst gekommen. Der Schiffer legte das Schiff fest, sie flog ans Land, und lag ihrer Tochter Bunduica in den Armen.

Denkt euch diese Scene des Wiedersehens; wir können sie nicht schildern. Bunduica riß sich am Ende aus den Armen ihrer Mutter, und eilte in die Felsen zurück, um auch ihre Schwestern dem mütterlichen Kusse entgegen zu führen. Sie erschienen. Neun himmlische Gestalten drängten sich um die glückliche Königin. Man umarmte sich wieder und wieder, man sagte sich tausend bezaubernde Dinge, die Nacht grenzte bereits an den Morgen, und der Schiffer, auf sein Ruder gestützt, welcher hiebei das Zusehen hatte, rief endlich, der Sache ein Ende zu machen, weil man nicht wisse, wie lang man sicher sey.

Sicher, antwortete Bunduica, sicher sind wir bis morgen zu Aufgang des Monds, aber ich bin eurer Meinung, daß man nicht zu schnell diese traurige Küste verlassen kann, um reinere Luft zu athmen und unter Menschen zu leben. Auf, meine Schwestern! Hier ist eure Mutter! Ihr zu Liebe werdet ihr doch eure Vorurtheile aufgeben? An ihrer Hand, werdet ihr doch kein Bedenken tragen, die Wüste zu verlassen, wo wir ungesehen verblühen, wo wir nichts von der schönen Welt erblicken, als diesen rauhen Winkel, den die Götter im Zorne zu unterm Gefängniß geschaffen haben mußten!

Die Prinzessinnen ließen bei diesen Worten ihrer Schwester die Hände der Königin loß, an welche sie sich gehangen hatten, und fanden bleich und mit niedergeschlagenen Augen da, als wüßten sie nicht zu antworten. Eine tiefe Stille, welche die erstaunte Königin so wenig zu brechen wußte, als irgend jemand aus der Gesellschaft, erfolgte, und mit Mühe erholte sich Voadicea endlich zu folgenden Worten:

Was ist das? Worauf deuten die Blicke meiner Kinder? Wie erkläre ich dies Erbleichen, dieses kalte Zurücktreten? Sollte es möglich, Himmel, sollte es möglich seyn, daß hier noch die Frage wäre, ob meine Kinder mir folgen, oder ob sie in der Gewalt einer boshaften Zauberin bleiben wollen?

Mutter, unterbrach hier die junge Velleda Voadiceen mit einem Eifer, der ihr ungemein wohl ließ; verwundet unsere Herzen nicht mit dem Schimpfnamen, welchen ihr unserer Pflegemutter so unbillig beilegt!

Und du Velleda, erwiederte Bunduica, vor Zorn erröthend, verrathe nicht die wenige Liebe zu deiner Mutter, und zu deinem Vaterlande durch die thörichte Anhänglichkeit an eine Person, welche, sie mag für uns gethan haben, was sie wollte, doch uns höchlich verletzte, indem sie uns die Freiheit nahm.

Freiheit, Bunduica? rief die kleine Philosophin, was ist Freiheit für Personen, die, wie wir, noch nicht zu handeln wissen? Hier ist unsere Mutter, schrie Bunduica, indem sie sich an Voadiceens Busen, warf, in ihre Hände legen wir unsere Freiheit nieder, ihr kommt es besser zu, dieselbe zu verwahren, Germanierin, die uns fremd ist.

Und ist hier, unterbrach die Königin den Streit ihrer Töchter, ist hier nur eine Stimme, die Rechte einer Mutter zu vertheidigen? tritt niemand auf Bunduicens Seite? schweigt ihr alle? — Daß Velleda mir entgegen ist, wundert mich nicht, sie entschuldigt ihr Name.

Velleda brach bei diesem bittern Vorwurf in Thränen aus, verantworten konnte sie sich nicht, aber sie umfaßte die Knie ihrer Mutter, und drückte sie an ihr Herz. Ich kann, ich kann nicht anders handeln, als ich thue das war am Ende alles, was sie vorbrachte.

Nach nochmaliger Aufforderung der Königin, begannen endlich die acht widerspenstigen Töchter alle, eine nach der andern, das Bekenntniß zu stammeln: sie würden, ohne die Einwilligung ihrer Erzieherin, selbst an der Hand der geliebtesten aller Mütter, nicht diese Küste verlassen, und jede wußte einen Grund ihrer Weigerung anzuführen. Velledas mehr als mütterliche Güte, ihre übermenschliche Weisheit, die höhern Kenntnisse, die ihre jungen Schülerinnen rühmten, durch ihren Mund erhalten zu haben, ihre Warnungen vor den Gefahren der Welt, tausende in einzelnen Fällen erhaltene Beweise von ihrer Treue und Unfehlbarkeit, alles kam an die Reihe; es war hier nur eine Stimme, die Aurinie zu vertheidigen, und der gekränkten Mutter ihre Rechte abzuleugnen. —

Schwestern, sagte am Ende Velleda, ich bin die Jüngste unter euch, aber der Vorzug, den mir unsere Pflegemutter immer gab, bereicherte mich vielleicht mit Kenntnissen, die euch noch fehlen. Erlaubt mir, das, was euch die große Aurinie so oft sagte, nach meinen eigenen Ueberzeugungen, nach den Blicken, die sie auch mich in die Zukunft thun lehrte, zu bestätigen. Wir haben hier keine Wahl, als Trennung von der Tugend und von ihr, der großen Velleda. Unser weiser Vater sahe dieses so klar, als ich es in diesem Augenblicke sehe, und darum entriß er uns der Welt, und gab uns ihr. Wie mißfällig den Göttern jeder Versuch, uns ihr zu entreißen, ist, das bezeugen die Begebenheiten von Mona. Ach, ich klage die theure Hand nicht an, welche unwissend Verderben über die heilige Insel brachte, aber ich beweine das Unglück, das durch die Begierde, uns Velleda'n zu entreißen, die Wohnungen der Götter verheerte. —

Bunduica! Bunduica! Schon damals wärst du der verrätherischen Römerin, die sich für eine Abgesandtin unserer Mutter ausgab, ein leichter Raub gewesen, wenn nicht Velleda's strafende Hand ihre Anschläge vernichtet hätte. Du warst einverstanden mit Flavien, du hast, seit wir an dieser Küste sind, keine Gelegenheit versäumt, unsere Namen den vorübersegelnden Schiffern, auszurufen, und uns dadurch die gefährlichste aller Nachstellungen, die Nachstellung einer

Mutter zuzuziehen; sie weiß nicht, diese verblendete Mutter, was sie im Begriffe ist zu thun, indem sie uns der Sicherheit entreißt und der Gefahr entgegen führt. Wir folgen ihr nicht, wir dürfen ihr nicht folgen! Dein Wille ist frei, Schwester! Thue, was du willst. Aber, o daß du dich zurückhalten ließest! Uebermaaß der Zärtlichkeit für eine Mutter, die wir alle verehren, ists ohne dem nicht, was dich an deiner Wohlthäterin zur Undankbaren macht, nein, frage dein Gewissen, Eckel an der Einsamkeit, Furcht, hier ungesehen zu verblühen, ist es, und Neugier nach dem glänzenden Leben der Feinde unters Vaterlandes, das du, fürchte ich, nahe genug wirst kennen lernen, um es zu verabscheuen.

Eine junge Person in dem Lehrton sprechen zu hören, wie hier die kleine Velleda sprach, ist unangenehm, weil es unnatürlich ist. Niemand, als ihre sieben Schwestern hörten ihr mit Wohlgefallen zu. Der Schiffer wünschte, sie möchte enden, Voadicea würdigte sie, als sie ge-endet hatte, keiner Antwort, und Bunduica, die sich immer fester an ihre Mutter schmiegte, drang auf die Abreise. Noch eine Frage von Seiten des Seemanns, ob keine, als diese Prinzessin die Reisegesellschaft verstärken wollte, und als ein einhelliges Nein erfolgte, ein Stoß mit dem Ruder, welcher das Schiff auf einmal eine große Strecke in die See warf, und es bald den treuen Pflegetöchtern Velledens aus den Augen brachte.

Sie standen mit ausgebreiteten Armen am Ufer, und baten nur noch um einen mütterlichen Kuß, nur um Loszählung von dem Verdacht pflichtwidriger Gesinnungen, nur um einen Segen, ihnen die Schmerzen des Kampfs, zwischen der Liebe zur Tugend und, zu ihrer Mutter zu vergüten; — umsonst! Voadicea war nicht gehöret worden, so hörte sie auch nicht. Der letzte Schimmer des Segels verschwand am Horizont. Die junge Velleda mit ihren Schwestern saß weinend am Ufer, weinend fand sie der Morgen, und weinend fand sie der Mond, der aus dem Meere heraufstieg, und die Wiederkunft der Aurinie verkündigte.

Die alte Velleda pflegte alle ihre Reisen auf Vogelschwingen zu machen. In der Gegend, wo sich die Sonne in das Abendmeer tauchte, stieg ein Adler empor; die Strahlen des sinkenden Gestirns des Tages rötheten ein Gefieder, und sein feuriges Auge senkte sich ihnen nach in die Fluth, dann schauete er umher durch den dämmernden Himmel, schwebte höher herauf, nahte der Basaltküste, und die Prinzessinnen erkannten ihre Pflegemutter, die schnell in ihrer natürlichen Gestalt unter ihnen stand, und sie in ihre Arme schloß.

So seyd ihr denn also ganz mein, rief sie mit triumphierendem Ton, mein und der Tugend! Ihr habt wacker gekämpft, ihr jungen Heldinnen, und vielen unter euch wird bald die Ewigkeit lohnen! Zürnt nicht, Kinder, zürnt nicht mit mir, ich war es nicht, die euch diesen Kampf zur Pflicht machte, sondern das Schicksal. Gern hätte ich euch eurer Mutter überlassen, sie hat nähere Rechte auf euch, als ich, auch waret ihr ja frei! — — Wohl, wohl euch, daß ihr diese Freiheit nicht nutztet wie eure Schwester! Habt Mitleiden mit ihr, und vergeßt sie!

Die junge Velleda hinderte ihre Schwestern, genauere Auskunft über die Worte der Aurinie zu fordern, sie selbst fragte, um die Weise aus den tiefen Gedanken zu wecken, in welchen sie ganz versunken da saß, was sie heute unterwegs für Gelegenheit gefunden habe, Gutes zu thun.

Der Adler, antwortete die Zauberin, begegnete auf seinem Fluge der Grasmücke, die ihm eins von den Eyern, welche er in seinem Neste vor dem Weyhen verbarg, geraubt hatte, der Beraubte warnte sie, denn die Räuberin flog dem Räuber entgegen, und wohl ihr, wenn sie ihm entgeht!

Weiter sah ich ein verirrtes Fahrzeug, das umsonst ein größeres Schiff zu finden strebte, wel-ches das treuloße Schiffsvolk, in Abwesenheit des Steuermanns, unter Segel gesetzt hatte. Ich zeigte den Verirrten den sichersten Weg, wo sie einem Kriegsschiffe mit feindlicher Flagge ent-gehen konnten. Der römische Waffenstillestand ist über unnöthige Geschäfte zu Ende gelau-fen, die Icanier begegnen Feinden, wenn sie Römern begegnen, gleichwohl tragen diese immer Freundes Angesicht, und der Unwissende ist leicht zu täuschen.

Velleda verstand von diesen Worten mehr, als ihre Schwestern alle, und sie war darum nichts glücklicher; unablässig weinte sie, und rang die Hände zum Himmel. O mein Kind, sagte die Aurinie, erfährst du schon so früh die Leiden, die mit höhern Wissenschaften verbunden sind? Wehe dir, wenn dich die Weisheit nicht durch ihre geheimen Freuden für die Wunden schad-los hält, die sie dir schlug! Dein Herz wird brechen, denn du bist bestimmt, alles sinken zu sehen, was du liebst, es wird doppelt brechen, weil dir die glückliche Gabe der Unwissenheit der Zukunft fehlt.

Nach einiger Zeit versammelte die Aurinie alle ihre Pflegbefohlnen um sich. Meine Kinder, sagte sie, alle Dinge unter dem Monde sind der Vergänglichkeit unterworfen. Lange genug trotzte ich diesem Loose, jetzt fühle ich, daß auch ich ihm endlich unterliegen werde. Ja, Kinder, ich fühle, daß ich sterblich bin wie ihr! Seit Bunduica sich mir entriß und sich dem Verderben Preis gab, seitdem, ich muß es euch vertrauen, ist der Friede fast gänzlich aus meiner Seele gewichen. Die Gesundheit meines Körpers litt schon längst; es muß, als ich vom Zorn über die Verführerin meiner Kinder überwältigt, jenes mal noch unnöthige Rache an Flaviens Leichnam nahm, etwas von ihrem giftigen Blute in meine Adern gekommen seyn; auch himmlische Seelen bemeistert manchmal eine irdische Leidenschaft, und das Schicksal läßt sie dann strenger büßen, als andere!

Euch länger in diesen unbewohnten Gegen, den zu erhalten, vermag ich nicht, wenn hier der Tod über mich gebiethet, was soll aus euch werden? — Auch hat Bunduica's Begierde, ihren Wohnort der Welt kund zu machen, hier unsere Sicherheit gestört, ich kann dieser falschen betrüglichen Welt, welcher ich euch so ungern überlassen möchte, hier euern Aufenthalt nicht länger verbergen, und ihr müsset mir in bewohntere Gegenden folgen.

Die Prinzessinnen waren zu allem bereit, was ihre Pflegemutter wollte, ein wenig wunderten sie sich, daß die Reise nicht auf die wöhnliche schnelle und bequeme Art angetreten wurde. Nicht Vogelfittiche trugen sie diesesmal; ein Fahrzeug, wie ganz gewöhnliche Sterbliche sich dessen bedienen, brachte die Reisenden, nicht in Augenblicken, sondern in einer bestimmten Zeit von Tagen und Stunden nach den Orkadischen Inseln, von welchen die Aurinie die kleinste auslas, sich mit ihren Kindern daselbst niederzulassen.

Die zunehmende Schwäche der Weisen, die den Prinzessinnen so viel Sorge machte, und die in der sichtlichen Abnahme ihres Körpers so merklich war, zeigte sich auch hier in den Kräften ihres Geistes. Sie schien nicht gewußt zu haben, daß auch in diesen Gegenden die Römer bereits dominierten, und daß nur ein paar alte zerstörte Druidentempel noch die Orte waren, die den Flüchtigen hier allenfalls Sicherheit geben konnten; die Gefahr leuchtete Voadiceens Töchtern besser in die Augen, als ihrer Führerin. Viele der Prinzessinnen schienen zu trauren, daß sie sich nicht jenesmal dem Winke ihrer Mutter überlassen hatten, bis die junge Velleda, welche bisher über die Angelegenheiten ihres Hauses nie den Mund geöffnet hatte, vor ihnen das Buch der Vergangenheit und der Zukunft aufschlug, und folgendermaßen zu ihnen sprach:

Schwestern, das Opfer, das ihr der Tugend brachtet, reue euch nie! Wir würden nicht glücklicher gewesen seyn, hätten wir der Königin gehorcht. Sie und Bunduica, (betrauert das Schicksal der Betrogenen,) verfehlten das Schiff, dahin sie gedachten, und welches das unwillige Schiffsvolk, in Abwesenheit des Steuermanns, schon in andere Gewässer geführt hatte. Sie wurden gewarnt, doch begegneten sie Römischen Schiffen, welchen man sich, auf Bunduica's Anregung, nur zu leicht ergab. Es geht im Volk eine Sage, als habe unser Vater uns sterbend dem Schutz der Römer vermacht; diese ruchloße Lügen nützte man, unsere Mutter und unsere Schwester zu täuschen; ach, diese Unglückliche wollte das Volk mit der glänzenden Außenseite nur zu gern näher kennen lernen, ein Volk, welches für die Königin von Icanien und ihre Tochter nichts als Schande, Rache und Tod hatte. Der Waffenstillestand war zu Ende, dies gab den Feinden Entschuldigung für ihr Verfahren gegen ihre ehemalige Siegerin. Beschimpft und verhöhnt, entkamen Voadicea und Bunduica ihren Händen.

Eine glückliche Schlacht rächte ihre Schmach an ihren Feinden. Bunduica starb als eine Heldin unter den Waffen, und unsere unglückliche Mutter, ewig werden für sie meine Thränen fließen, nahm einen Schlaftrunk, um all ihr Leiden zu verschlummern, und nur im Lande ewiger Vergessenheit wieder zu erwachen. Wir werden sie wiedersehen, und ihr noch eher als ich, denn lang ist die traurige Laufbahn, die mir das Schicksal bestimmte.

Die Schwestern sahen sich traurig an, als Velleda geendet hatte, sie sprachen nicht, aber ihre Augen verriethen ihre Gedanken. Der Tod der Mutter und der Schwester, der nahe Verlust ihrer Pflegerin, die Furcht, was nach ihrem Abschiede aus ihnen werden sollte, welch ein Gemisch von Ideen der Verzweiflung! Das lange Schweigen ward endlich durch ein lautes einstimmiges Gelübde gebrochen. Es begegne ihnen, was da wolle, ehe dem Leben, als der Tugend zu entsagen und selbst die Gefahr, derselben entrissen zu werden, durch freiwilligen Tod zu vermeiden.

Die Aurinie hielt ihren Aufenthalt auf der kleinen Insel, welche man heut zu Tage Papavestra nennt, so heimlich, daß niemand ihn muthmaßen konnte. Dieses Eyland ward von den da herum liegenden Römern für wüste gehalten, die Trümmern einer zerstörten Tempel erregten Grauen, die Sagen von daselbst hausenden bösen Geistern, fanden auch bei den aufgeklärten Herren der Welt, hier und da Glauben, und nur das schöne Wild, welches sich dort unglaublich vermehrte, reizte zuweilen einen jungen kühnen Krieger, der Jagd in jenen verrufenen Gegenden obzuliegen.

Zwei der edelsten Römer, (die Welt lernte in der Folge ihre Namen mit scheuer Ehrfurcht nennen,) beredeten sich eines Tages, hinüber zu fahren an eines dieser wüsten Eylande, und dort, nicht so wohl das Vergnügen Rehe und Hirsche zu erlegen, als die Erholung der Stille, nach den Greulscenen des Krieges zu suchen. Wir nennen sie mit dem Namen Flavius und Julius, die sie damals mit tausenden gemein hatten, so wie auch zu jener Zeit nur noch wenige und unbemerkte Thaten sie von dem großen Haufen auszeichneten, über welchen sie so weit erhaben waren.

Die Jünglinge fanden das Eyland schön, sie bauten sich Hütten von den Aesten wilder Aepfelbäume, deren es hier einige von ungemeiner Größe gab, sie lebten von den Früchten derselben, lebten vom Fisch- und Vogelfang; des Wildes erlegten sie wenig; die ungemeine Schönheit desselben, und die Ruhe, mit welcher es in den Wäldern ging, ohne den Jäger oder ein tödtliches Geschoß zu fürchten, entwaffnete diese gutmüthigen Krieger, die auch im Felde den Grundsatz hatten, nie wider wehr- oder furchtloße Gegner zu wüthen.

Mancher tapfre Britte, welcher, wenn ihm die Uebermacht die Waffen aus der Hand wand, lieber sterben, als sich ergeben wollte, dankte dem edlen Flavius sein Leben, und der sanfte Julius, der sich besonders den Schutz des schwächern Geschlechts zur Pflicht machte, konnte sicher seyn, daß Albion, wenn es über alle seine Brüder um Rache schrie, doch wider ihn keine anklagenden Thränen hatte. Julius hatte bereits der Töchter Brittanniens viel ins Heiligthum der Tugend gesichert, und er war dafür bei ihnen in so hohem Ansehen, daß sie seinen Namen wie ein Schutzwort auszurufen pflegten, wenn Gefahr vorhanden war. Schade, daß dieses nicht allemal half; es gab der Krieger, die mit diesem guten Julius einen Namen führten, viel, und nicht alle waren ihm ähnlich; auch war seine Macht gering, er kommandierte zur Zeit nur eine kleine Anzahl Kriegsknechte. Doch übertraf sein Muth eine Macht, und er wußte oft da zu gebiethen, wo er eigentlich nur zu gehorchen hatte. Wär er überall nahe gewesen, wo Gefahr der Tugend drohte, Voadicea und ihre Tochter wären nicht den Märtyrertod der Unschuld gestorben.

Wer im Kriege mit Menschen so handelt, der kann auch gegen die thierische Schöpfung nicht grausam seyn. Flavius und sein Freund lebten in gutem Frieden mit den Bewohnern der Wälder, sie lernten sie kennen, und wenn sie Mahlzeit hielten, oder des Abends in traulichen Gesprächen beisammen saßen, so geschah es oft, daß ein milchweißes Reh, mit großen Gazellenaugen, herbeigeschlichen kam, von ihren Speisen zu kosten, oder sich neben sie lagerte, als wollte es ihren Unterredungen horchen. Besonders zwei von diesen schönen Geschöpfen, zeichneten sich in gutem Zutrauen gegen die Jäger aus, und wenn Flavius und sein Freund sich am einsamsten glaubten, so waren sie sicher, eins dieser zahmen Thierchen, oder beide, an der Seite zu haben. Nichts konnte dieselben verscheuchen, als der Versuch sie fest zu halten; sie schienen die leiseste Berührung mit der Hand als einen Versuch auf ihre Freiheit an zusehen, und als einst Julius, im Uebermaaß des Wohlgefallens an seiner schönen Gefährtin, eine goldene Armspange hervorzog, ihren schlanken Hals damit zu zieren, da war die Vertraulichkeit auf einmal verscherzt, die Fittiche des Windes schienen die scheuen Rehe zu tragen, und viele Tage vergingen, ehe sie sich nur von weitem wieder blicken ließen.

Die Jünglinge hatten etwas Feuer nach der Insel mit sich genommen, ihre Speisen zu bereiten. Ein Blatzregen hatte es bis auf den letzten Funken ausgelöscht, und da auf der Insel weder

Feuerstein noch Kiesel war, und die Kunst, der Sonne etwas Feuer ab zustehlen, sich nicht in ihren Händen befand, so sahen sich unsere Krieger wirklich in einiger Verlegenheit, besonders da, wenn sie sich auch hätten entschließen können, allemal kalt zu speisen, doch die Nächte so rauh zu werden begannen, daß man, ohne die Erwärmung einer tröstenden Flamme, nicht wohl ausdauern konnte, so daß sich die Fremdlinge also fast schon entschlossen hatten, die Insel, die ihnen mit ihrer süßen Einsamkeit so lieb geworden war, eher zu verlassen, als es ihr Wunsch, und der Ruf ins Feld heischte.

In tiefsinnigen Berathschlagungen hierüber, saßen sie einst, beim Untergang der Sonne, am Eingange ihrer immer lichter werdenden Laube; Herbststürme entblätterten sie, der Himmel drohte mit Regen, der in diesen Gegenden um solche Jahreszeit immer anhaltend zu seyn pflegte, und man mußte ernstlich auf wärmere Wohnung, oder auf den Abschied denken. Die rathschlagenden Jünglinge hatten den Wald, der das Herz der Insel ausmachte, im Gesicht. Aus einer Mitte erhuben sich, auf einem Hügel, die Ruinen eines der Tempel, welche hier die tolle Kriegswuth, oder der religiöse Eifer der Römer zerstört hatte.

Noch hatten die Fremden ihre Wanderungen nicht in jene Bezirke ausgedehnt, ein heimliches Grauen hielt sie von den Gegenden zurück, wo einst Gottheiten wohnten, und wo an ihren Altären so viel unschuldiges Blut geflossen war die Grundsätze dieser Jünglinge waren zur Zeit noch roh, unverfeinert, ihnen war eine jede Stätte heilig, wo man den Urheber der Natur verehrte, und hätte das Schicksal der Trümmern, die vor ihnen lagen, von ihnen abgehangen, sie würden so heilig geschont worden seyn, als Roms Tempel. Gespräche wie sie sich bei Meinungen von dieser Art denken lassen, beschäftigten sie, als auf einmal Julius, welcher seine Augen unverwandt nach dem verstörten Heiligthum der Druiden richtete, wie von einem kleinen Schrecken auffuhr, und sich schnell nach seinem Freunde wandte, der im Sprechen begriffen, nicht wahrgenommen hatte, was dieser, im nemlichen Augenblicke, zum zweiten mal sahe.

Ein heller Feuerstrahl stieg von jener fernen Anhöhe gerade gen Himmel, und gab verseint mit den Strahlen der untergehenden Sonne, welche die ganze Gegend umher rötheten, einen Anblick, der sich nicht schöner denken läßt. Das tiefe Schweigen der Natur, die von Minute zu Minute wachsende Dämmerung, vermehrte das Feierliche eines Schauspiels, das jetzt Flavius auch sah; und das sich in einer Viertelstunde mehrmals erneuerte.

Was ist dies, sagte nach langem erstaunensvollem Schweigen, einer zum andern. Abglanz der untergehenden Sonne, oder ein anderes Spiel der Natur? Zauberwerk? Wirkung unterirdischer Mächte, die, wenn auch Menschen sie von dieser Stelle zu vertreiben suchten, doch noch heimlich allhier herrschen, und vielleicht nur die Zeit abwarten, Rache an ihren Beleidigern zu üben?

Jeder der Jünglinge hatte hierüber seine eigene Meinung, doch hielt man sich nicht lang auf, dieselben gegen einander abzuwägen; schnell ward der Entschluß reif: bei nahen zu erforschen, was man von fern gesehen hatte. Die Entdeckung war nicht zu verachten; man hatte Feuer gesehen, und Feuer bedurfte man. Die Vorstellung, welche der scharfsinnige Flavius sich machte: einige der vertriebenen Druiden könnten hier noch ihre heimliche Wohnung haben, und diese Feuer strahlen, welche immer noch, von Minute zu Minute, emporstiegen, könnten Signale für Einverstandene auf den andern Inseln, oder Mittel seyn, Verwegene von dieser wüsten Gegend zurückzuschrecken, hatte viel Wahrscheinlichkeit, aber sie bestätigte den Entschluß der Jünglinge, anstatt ihn zu vernichten. Julius merkte nur so viel an, daß auch, im Fall hier etwas übernatürliches statt finde, man von den auf diesen Inseln herrschenden Mächten nichts zu fürchten habe, wenn man sich aller Gewaltthat, aller muthwilligen Grausamkeit und Entweihung so unschuldig wisse, als er und sein Freund.

Die Nacht war schon fast eingebrochen, als sie den Wald erreichten, und ganz unkenntlich würde ihnen der Weg nach den Ruinen, durch die mit Macht niedersinkenden Schatten geworden seyn, hätten sie das Innere des Hains, nicht durch ein wunderbares Licht erleuchtet gefunden, welches den einen der Jünglinge, der nicht ganz frei vom Glauben an übernatürliche Dinge war, bewog, sich oft nach seinem Freunde, mit einem Blicke umzusehen, der zu sagen schien: Siehe Flavius, das Vorzeichen der Dinge, die uns erwarten!

Nicht hell oder blendend, nur wie falbe Morgendämmerung, oder wie die ersten Strahlen des jungen Monden, war das Licht, das den Wanderern ihre Pfade kenntlich machte, es leuchtete ihnen gnüglich, und da, während sie im Walde wandelten, der Feuerstrahl noch einige mal vom Berge emporstieg, so konnten fiel ihres Weges um so viel weniger verfehlen.

Der Wald war zurückgelegt, sie sahen die Ruinen jetzt näher vor sich auf zwei großen, unter einer Menge kleiner mit zartem Grün bewachsenen Hügeln, liegen; sie schienen Ueberbleibsel zweier Tempel zu sein; eine schauderhafte Felsenkluft trennte sie, Erdbeben, oder die Hand einer höhern Macht, schien den gähnenden Abgrund gespalten zu haben, um diese Heiligthümer, vielleicht vor dem Wohnungen Einer Gottheit, von einander zu sondern.

Während Flavius, der über alles scharfsinnig zu muthmaßen wußte, seinen Freund Theil an seinen Vorstellungen von diesen Dingen nehmen ließ, kamen sie dem Ziel ihrer Wanderungen so nahe, daß es in den Baumschatten, die einen Fuß umgaben, wieder vor ihren Augen verschwand, der Weg ging merklich aufwärts, überhangende Zweige und niederes dichtes Gesträuch machte ihn beschwerlich. Diesen Pfad schien seit Jahren kein Fuß, als der leichte Fuß des Wildes, betreten zu haben.

Die zunehmenden Schauer der Gegend, und die schwächere Dämmerung beengten das Herz der Wanderer, sie schwiegen, ihre Lippen schienen versiegelt. Diese Stille, welche kaum vom leisen Athemholen unterbrochen wurde, gab ihnen Raum, desto deutlicher zu vernehmen, was um sie vorging.

So wie sie höher stiegen, war es, als hörten sie den Laut sanfter Menschen stimmen. Einige derselben tönten mit wunderbarem Wohllaut, die Jünglinge hörten sie mit Entzücken, und gaben einander schweigende Winke, jetzt, da sie nun schon Worte vernahmen, jedes Geräusch zu vermeiden, damit ihnen keine Sylbe verloren ginge.

Und, warum meine Kinder, fragte eine Stimme, welche etwas fester schallete, als die andern, warum gehorchtet ihr heute so schwer den Ruf eurer Mutter? Neunmal, neunmal stieg der Feuerstrahl vom Altar empor, euch aus der Wildniß zusammen zu locken, aber nur eure zwei jüngsten Schwestern erschienen, und nun, da ich euch alle überzählte, da ihr alle wieder mein seyd, bis auf jene Verlorne, nun sehe ich gleichwohl so viel Trübsinn in euren Blicken, so viel Angst, euch an meiner Seite zu befinden, so viel Ungeduld, euch wieder zu entfernen! Sprechet, ihr Lieben, wohin deute ich dieses seltsame Betragen?

Wie? antwortete eine andere Stimme, bedarf die Weiseste der Weisen, die sonst in unsern Herzen lesen konnte, wie in dem Buche des Schicksals, bedarf sie unsers Unterrichts? O Götter! sollte dies ein neuer Beweis von der Schwäche seyn, die uns um dich so bekümmert macht?

Ein tiefer Seufzer war die Antwort auf die Frage.

Still, Schwester! hörten die Horcher, welchen das dichte Laub keinen Blick in die Gegend, wo gesprochen wurde, verstattete, eine andere Stimme sagen, still! die Mutter will nur hören von uns, was sie schon selbst weis, kann ich doch in euren Herzen lesen, und vermöchte wohl für euch die Antwort zu thun, wenn ihr es vergönntet. Ihr schweiget? Wohlan, ich rede! —

Mutter die Gabe in die Zukunft zu blicken, die du deinen Töchtern verliehest, ist für viele von uns, eine Quelle bitterer Qualen. Wir sehen, du wirst bald von uns genommen werden, wir sehen, bald wird fremde Hülfe uns stützen müssen, und diese Hülfe, wo sollen wir sie finden?

Hat mein Liebling, meine Velleda, vergessen, was ich so oft hierüber sagte?

Nein, Mutter! — Wohl weis ich, die Arme sind nahe, die sich nach uns ausbreiten werden, wenn die deinigen uns nicht mehr stützen; wohl weis ich, es sind gute Hände, in denen du uns zurück lassen wirst. Voada und ich kennen unsere künftige Freunde, täglich belauschten wir sie, und keinen Fehler fanden wir an ihnen; aber unsere Schwestern? — O Bunduikens Schicksal macht, daß sie schon vor dem bloßen Namen, Römer, zurückbeben; sie können nicht glauben, daß die beiden Fremdlinge eine Ausnahme unter ihrem ausgearteten Geschlecht machen werden, sie wollen lieber sterben als sich ihnen ergeben!

Flavius und Julius sahen einander an, oder sie drückten einander fester die Hände, die merkten wohl, daß von ihnen die Rede war. Sie drängten sich näher, um auch kein Wort zu verlieren, und ob sie gleich aus der ganzen Sache viel weniger klug zu werden wußten, als ihr, meine Leser, so hörten sie doch so viel, daß hier eine Menge Frauen versammelt waren, um ein ordentliches Gericht über die zu halten, in welchem sie eine Menge Anklägerinnen, und, sie konnten es nach den Stimmen genau unterscheiden, nur zwei Vertheidigerinnen hatten; jede ihrer heimlichsten Handlungen auf dieser Insel wurde angeklagt, und entschuldiget; besonders hoch rechnete man ihnen von der einen Seite Versuche an, welche sie auf die Freiheit einer gewissen Voada gemacht haben sollten, und von welchen ihnen nichts erinnerlich war; dieses eine wurde von der andern Seite, als unbeantwortbar, mit Stillschweigen erwiedert, und nur die Richterin, diejenige Stimme, welche zuerst gesprochen hatte, entschied durch den günstigen Ausspruch, hier sey von den Römern nichts böse gemeinet, und man habe in der ganzen Sache, auf den Willen des Schicksals zu sehen, welches noch heute entscheiden werde; ein Urtheil, wider welches der größte Theil der Beisitzerinnen, mit der lauten Betheurung antwortete, den Römern sey nicht zu trauen, und man wollte lieber sterben, als in ihre Hände fallen.

Die Jünglinge waren gleich im Anfange dieser Verhandlung gewiß geworden, daß es ein weibliches Gericht war, welches hier gehegt wurde, und mit dem Wohllaut der richtenden Stimmen, die sie hierin gewiß machten, verband sich so innig die Idee von allen übrigen körperlichen Reizen, daß Flavius und Julius nicht Römer hätten seyn müssen, nicht die lebhafteste ungeduld zu fühlen, bald nun auch zu sehen, was sie bis jetzt nur gehört hatten; eine Gesellschaft junger Schönheiten, welche unter Vorsitz einer ältern Richterin, sich die Mühe nahmen, sie, und ihre Handlungen in Ueberlegung zu ziehen, und ihre Ansprüche zu Argwohn, oder guten Zutrauen gegen einander abzuwägen.

Julius, welcher der ämsigste unter beiden war, sich einen Weg nach einem gewissen Schimmer zu bahnen, den sie von einer Seite, wo das Gesträuch dünner ward, wahrnahmen, hatte zuerst das Glück, das zu finden, was er suchte. Einige zurückgebogene Aeste gaben eine Oefnung, wo es sich gemächlich herauf steigen ließ, er winkte seinem Freunde, der hinter ihm war, und auf einmal standen sie auf einer kleinen Ebene, die von einer Seite von den ehrwürdigen Ruinen des Tempels begränzt ward, und von der andern eine Aussicht auf die Insel rund umher, und das sie umgebende Meer, beherrschte, welchen selbst die falbe Dämmerung, die alles umhüllte, neue zauberische Reize lieh.

So schön dieses alles war, so dachten die Ankommenden hier doch an keinen andern Anblick, als den Anblick derer, welche geredet hatten, aber ein gewaltiges Geräusch, das sich, bei ihrem Hervortreten, erhub, zeigte, daß der größte Theil der Gesellschaft entflohe. Man hatte die Fremdlinge früher wahrgenommen, als sie, mit dem mühsamen Heraufsteigen beschäftiget, etwas erblicken konnten, und die einzige Person, welche sich ihrem Auge darbot, war die, welche nicht fliehen konnte oder wollte, aber gerade auch diejenige, nach deren Anschauen fiel am allerwenigsten lüstern seyn mochten.

Eine kleine Frau, dem Anscheine nach so alt, wie das Gebäude, an dessen zerfallenem Thore sie saß, und bleich und schattenartig, wie die Jungfrau Echo, erhob sich langsam von ihrem Sitz, und bewegte sich, ihnen einnige Schritte entgegen.

Willkommen Cäsar Augustus, sagte sie, indem sie sich zuerst zu Flavius wandte und du, großer Julius, Albions Schutz und Vater!

Die Jünglinge stutzten, und versicherten mit einer Demuth, welche das Ehrfurcht gebietende, das die kleine Figur ihnen gegen über, ihrer Schattenartigkeit zum Trotz, an sich hatte, ihnen abzuheischen schien, hier sey weder ein Cäsar Augustus, noch ein Julius, welcher die vorgedachten hohen Ehrenbenennungen verdiene, sondern niemand, als ein paar zur Zeit noch unberühmte Unterhauptleute des römischen Heers, durch Abentheuer auf diesen Hügel gebracht.

Auf Namen kommts hier nicht an, lächelte die Alte, sondern auf eure Verrichtung an dieser heiligen Stätte. Abentheuer ists nicht, was euch hieher bringt, sondern, wie ich wohl weis, euer freier Wille. Sprecht, und sagt euer Begehren!

Wir sahen, antwortete Julius, Feuer auf eurem Berge, Feuer bedürfen wir, um uns in diesem kalten Himmelstriche zu wärmen und unsere Speisen zu bereiten, und Feuer zu haben, stiegen wir herauf.

Und Feuer sey euch gewährt, antwortete die Alte, indem sie eine Fackel, die sie in ihrer Rechten trug, in wunderlichen Kreisen um die Jünglinge schwang, das himmlische Feuer zu großen und edlen Thaten. Erreicht ihr einst das hohe Ziel, das euch bestimmt ist, so denkt an die Alte vom Tempelgebirg!

Flavius, welcher, eine heimliche Ahndung mochte ihm zuflüstern, was sie wollte, doch in diesen Dingen nichts weiter sehen mochte, als die Gaukeleien etwa irgend einer brittischen Wahrsagerin, wiederholte ernstlich die Bitte, um wahres irdisches Feuer, und griff nach der Fackel, welche aber im nemlichen Augenblicke erlosch und die Gegend rund umher in Finsterniß zurücke ließ.

Es hat nichts zu bedeuten, erwiederte die Alte, ohne unwillig zu werden. Es werden noch Funken auf meinem Heerde seyn, und Feuer muß ich ohne dem haben, wenn ich meine Familie wieder zusammen berufen will, in deren Gesellschaft ihr diesen Abend mit mir speisen müsset. Bleibt auf eurer Stelle, bis ich zugerichtet habe.

Die jungen Römer hörten, wie ihre angebotene Wirthin sich mit leisem Rauschen entfernte, und so, wie sich ihr Auge an die Dunkelheit gewöhnte, dünkte es ihnen auch, sie sähen sie nach dem Innern des nächsten Tempels schweben. Bald darauf stieg der Feuerstrahl, der sie zuerst hieher gelocket hatte, in einiger Entfernung von ihnen, heller und glänzender empor, als sie ihn unten im Thal gesehen hatten, und mit jedem Ansteigen verbreitete er Licht genug, daß sie die Alte unter den halb verfallenen Gewölben der zerstörten Götterwohnung, an einem Altar stehen, und mit einer Hand voll Rauchwerk, welches rings um alles mit dem lieblichsten Geruch erfüllte, die prächtige Erscheinung erregen sahen, welche eben zum siebentenmal, sich himmel an erhub, als sie ein leichtes Geräusch in dem Gebüsch vernähmen, und von mehrern Seiten die Tischgesellschaft heraufsteigen sahen, die ihnen angekündigt war, und die wohl ein wenig ihre Erwartung täuschen mochte. —

Sie hatten in der zusammen berufenen Familie der Alten, die Jungfrauen zu sehen gehofft, deren Stimmen noch immer so süß in ihren Ohren tönten und was sie erblickten, war nichts anders, als acht weiße Rehe von der Art, wie sie ihnen schon bekannt waren. Julius wollte die beiden, welche ihnen immer Gesellschaft zu leisten pflegten, ganz eigen unter den andern bemerken; sie ruhten auf einer Stelle des Berges, wo die Alte vorher gesessen hatte, und, wo sie wahrscheinlich von den Jünglingen, wegen der Dunkelheit, nicht bemerkt worden waren. Sie schienen, ihren Platz nicht verlassen zu haben, auch hefteten sie, indeß die Ankommenden sich schüchtern von den Fremden entfernt hielten, ruhige Blicke alter Bekanntschaft auf sie, und zogen sich nur dann zurück, als Julius sich nahte, diese alte Bekanntschaft, durch ein sanftes Streicheln über den glatten Rücken des einen dieser schönen Geschöpfe, zu erneuern.

Ihr macht mir heute viel Mühe, sagte die Alte zu ihrer wunderbaren Familie, indem sie aus dem Tempel hervortrat. Kommt, und laßt uns das Mahl halten, ihr wißt, daß dieses hier bald zum letztenmale geschehen wird.

Die Alte nahm Platz auf ihrem Sitz am Tempelthor; zu ihren Füßen lagerten sich die Gäste aus dem Walde, und ihr gegen über die beiden Römer. Auf dem weichen Rasen war in irdenen Schaalen Wein, Brod und Früchte angerichtet, und von dem Feuer, welches drinnen auf dem Altar hell empor flammte, kam Licht genug heraus, daß die Tischgesellschaft zu ihrer sparsamen Mahlzeit gnüglich sehen konnte.

Sie ward in tiefen Stillschweigen gehalten, und die Jünglinge erhuben sich bald, um ihren Abschied zu nehmen. Alles, was vorgefallen war, Schauer, welcher ihnen baldige Entfernung wünschen machte, und selbst Flavius hatte erfüllt sie mit einem größern Schauer, welcher ihnen baldige Entfernung wünschen machte, und selbst Flavius hatte während der Tafel aus manchem, das er von der Alten bemerkte, Muthmaßungen geschöpft, welche ihn in seinem Glauben, hier gehe alles natürlich zu, irre machten. Was ihn am meisten befremdete, war das menschlich vernünftige Wesen, das aus den kleinsten Bewegungen des thierischen Theils der Tischgesellschaft hervorleuchtete, und der innige Kummer, welcher in den Blicken herrschte, die zwischen ihnen und der Alten gewechselt wurden.

Als die Alte merkte, daß die Jünglinge scheiden wollten, wandte sie sich zu ihren so genannten Töchtern. Meine Kinder, sagte sie, ihr wißt, was ich in diesen Tagen oft mit euch gesprochen habe, willigt ihr ein, daß ich an diese Fremden die Frage thue, welche ich mit euch verabredete, ungeachtet nur zweie von euch, mir ihre volle Einwilligung gaben? — ihr wißt, daß ihre Beantwortung über euer Schicksal entscheidet. — Wohlan, ich erwarte keine Antwort von euch, und an euch, ihr Jünglinge, wende ich mich also, und frage: habt ihr ausser der Bitte um Feuer, die euch gewährt wurde, nicht noch Eine an mich zu thun?

Julius sah seinen Freund an, er wechselte einige heimliche Worte mit ihm, und als er seine Einwilligung erhalten zu haben schien, begann er folgendermaßen: Geschenke zu fordern, oder euch und diesen Tempel zu berauben, kamen wir nicht hierher, und wenn ihr denn unsere erste Bitte für gewährt ausgeben wollet, so wissen wir nichts weiter an euch zu fordern, es müßte denn seyn, daß ihr uns eins oder zweie von diesen weißen Rehen schenken wollet.

Sie seyen euch alle achte geschenkt, antwortete die Alte mit vergnügtem Blicke, und, wollte Gott, ich könnte auch das neunte hinzuthun, doch dieses ist dahin, kein Wunsch bringt die Verlorne zurück! — Meine Töchter, seyd, ihr auch einverstanden mit dem, was ich diesen Fremdlingen, sagte? Wisset, sie geloben euch, in diesem Augenblicke, die Schützer eures Wohls zu werden; geloben euch, nie eurer Freiheit Fesseln anzulegen, nur immer eures freiwilligen Folgens gewärtig zu seyn; geloben, sollten sie einst genauere Kenntniß von euch erhalten, alles das für euch zu thun, was eure Mutter für euch gethan haben würde, nähm sie nicht das Schicksal in diesem Augenblicke von eurer Seite; sprecht, Römer, gelobt ihr das? —

Wir geloben, sagte Julius, was ihr von uns fordert; und was, setzte die Alte hinzu, ihr vielleicht jetzt noch ganz verstehet; aber Geduld, die Zeit wird kommen, da euch die Augen aufgehen, und giebt uns dann euer Herz das Zeugniß unverletzter Treue gegen euren Schwur, so nehmt es als Unterpfand der großen Dinge, welche die Zukunft euch aufbehält, und die jetzt eurer Bescheidenheit unglaublich dünken.

Eine tiefe Stille folgte auf diese Rede. Von allen Seiten schien man mit Gedanken beschäftigt, welche man nicht durch Worte ausdrücken konnte oder wollte. Die Römer standen in sich selbst gekehrt, und stützten sich auf ihre Schwerder, und die Alte letzte sich mit ihrer Familie. Thränen wurden von beiden Theilen vergossen; man sagt, daß von jener Zeit her, bis auf diesen Tag, Rehe und Hirsche die Gabe beibehalten haben, menschlich zu weinen.

Was trauert ihr, meine Kinder! fing endlich die Alte an: Trennung von mir, ist ja nicht Trennung von der Tugend? Könnt ihr diesen Männern mistrauen? es ist wahr, sie sind Römer; aber, ihr hörtet ja, was sie gelobten. Sie brechen ihren Schwur so wenig, als ihr den eurigen: lieber den Tod als das Laster zu wählen. — Zittert ihr blos vor der Gefahr, einst Sklavinnen des Letztern zu werden, so steht euch ja noch die Wahl frei; nur entscheidet schnell, denn meine Augenblicke sind gezählt, ihr sehet selbst, kaum hat mir die Zeit noch den Schatten von dem übrig gelassen, was ich ehemals war, und nur ein Schritt ist vielleicht bis zur völligen Vernichtung meiner irdischen Hütte; entscheidet schnell, ehe euch mein Abschied ohne Bedingung fremder Macht unterwirft.

Kaum hatte die kleine Alte, welche, wie es den Jünglingen dünkte, während ihrer pathetischen Rede immer schattenartiger ward, geendet, so sprangen sechs ihrer Zuhörerinnen auf, warfen noch einen furchtsamen Blick auf die Fremden, und einen Blick voll wemuthsvoller Zärtlichkeit auf die Rednerin, und flohen, indessen sich ihre zwei Schwestern den Fremden nahten, und sich willig den schlanken Hals mit goldenen Spangen, die jene von ihren Armen abspannten, zieren ließen, mit Blitzesschnelligkeit durch den nahen Tempel, dem Abgrunde zu, welcher, wie wie vorher erwähnten, denselben von einem andern, etwas weiter entfernten, trennte. Sie schienen sich in die Kluft, welche zu weit war, um übersprungen zu werden, zu stürzen, Flamnen fuhren herauf und kamen über ihnen zusammen. Ein heftiges Geräusch schloß die ganze Scene, alles ward in einem Nu in dicke Dunkelheit begraben, den Jünglingen vergingen die Gedanken, und als sie sich des andern Morgens in ihrer Laubhütte auf ihrem gewöhnlichen Lager fanden, so war der Gedanke, geträumt zu haben, freilich wohl der natürlichste, der sich ihnen darbieten konnte.

Das einzige Wunderbare, welches sie bei der Sache fanden, war dieses, daß, da einer dem andern sein Nachtgesicht erzählte, sich die genaueste Uebereinstimmung, auch in den kleinsten Umständen, fand; dieses mußte etwas mehr auf sich haben, und Flavius gab seinem Freunde gern nach, in dem Vorschlage, die Wanderung von voriger Nacht, heute am Tage nochmals zu beginnen, und zu forschen, ob nicht irgend etwas vorhanden seyn möchte, ihre verwirrten Ideen über diese Dinge aufzuklären.

Da sie den Weg durch den Wald nach den Tempelruinen, jene wahre oder geträumte Wallfahrt ausgenommen, nie zuvor gemacht hatten, so war schon dieses erstaunenswürdig, daß sie jeden Schritt so fanden, als sie sich dessen von voriger Nacht erinnern konnten. Sie legten das Gebüsch bald zurück, in welchen ihnen heute keine übernatürliche Dämmerung leuchtete, sondern das nur von dem falben Lichte eines neblichten Herbsttages, so weit durchdrungen ward, als es das dichte Gewebe der Aeste über ihnen verstattete. Der kleine gebirgige Distrikt jenseit des Waldes lag vor ihnen. Mitten unter niedrigen grünen Hügeln, heute mit weißen Herbstfäden übersponnen, und hier und da mit silbernen Zeitlosen besät, erhub sich der höhere Tempelberg, und auf seiner Stirn, die Ruinen, welche ihnen heute um keinen Stein anders vorkamen, als sie ihnen jene Nacht der Wunder gebildet hatte. Man stieg hinauf; man war überall bekannt. Die Stelle unterschied sich noch genau, wo man das seltsame Gespräch der Alten mit ihrer Familie belauschte, so wie auch die Oefnung, wo Julius die Zweige von einander bog, um das auch zu sehen, was er gehört hatte. Wenn dieses ein Traum war, so kann man nie natürlicher geträumt haben! Julius, dessen Glaube von diesen Dingen sich nach dem, was bereits von ihm gesagt worden ist, errathen läßt, schwieg endlich zu allem, was Flavius ihm entgegen setzte, und beide durchwandelten in tiefer Stille den Weg über die Ebene bis zum Tempelthor, und durch dieses bis zu dem innern Tempel.

Indeß Flavius sich mit den mancherlei architektischen Wundern dieses Denkmals des alten brittischen Götterdiensts unterhielt, hatte Julius schon eine Wanderung bis zu der Kluft fortgesetzt, welche beide Tempel trennte, und die Unmöglichkeit gefunden, hier hinüber zu kommen. *[Die neuen Reisebeschreiber nennen die Grenzscheidung der beiden Druidentempel auf Papavestra nur einen Graben.]* Er sahe hinab in den Abgrund, und dachte an vorige Nacht. Noch sah er die schneeweißen Töchter der Alten sich in die Tiefe stürzen und vom Feuer verzehrt werden; auch schienen wirklich Flammen kürzlich hier gewüthet zu haben.

Als er den Rückweg durch den vordersten Theil der Ruinen machte, fand er auf einem Steine, der Ueberbleibsel eines Altars zu seyn schien, noch glühende Kohlen; eine irdene Opferschaale mit etwas Rauchwerk stand dabei, welches, da ers in die aufgeblasene Glut streuete, eine Erscheinung hervorbrachte, welche ganz das im kleinen war, was sie in voriger Nacht der Gesichte gesehen hatten. Flavius, welcher dieses wahrnahm, schien noch mehr erschüttert, als sein Freund, er winkte zu schneller Entfernung, und Julius säumte nicht, ihm zu folgen.

Als sie durch das äußere Tempelchor gingen, machte sie ein graulicher Stein aufmerksam, welcher ganz die Figur einer kleinen sitzenden Alten vorstellte. Reisende bemerken ihn noch daselbst, aber nicht mit der Empfindung, wie die beiden Jünglinge, welche in dem Augenblicke, da ihnen diese Vorstellung deutlich ward, und eine Menge anderer Ideen sich mit ihr verbanden, ein solcher Schauer befiel, daß hier länger zu verweilen, ihnen Unmöglichkeit war. Hügel und Wald wurde mit einer Eil zurück gelegt, welche der Geschichtsschreiber Flucht nennen würde, wenn er nicht Bedenken trüge, einem paar berühmten Helden des Alterthums, auch in einem Märchen bei zumessen, daß sie jemals geflohen wären.

Ihr Aufenthalt auf der Insel dauerte nicht mehr lange. Zwar hatten sie im Tempel Feuer gefunden, welches vielleicht in den ersten Stunden nach ihrem Abentheuer noch geglimmt hätte, aber es fehlte ihnen an Lust es zu holen, und die immer rauher werdende Witterung mußte bei diesem Mangel zum Vorwand dienen, daß man auch keinen Tag mehr auf dieser Insel verweilen wollte.

Die Jünglinge sprachen gegen niemand von dem, was ihnen begegnet war; wenn sie sich aber in der Folge, zuweilen unter einander in vertrauter Einsamkeit davon unterredeten, so blieb von allen Einwendungen, die Flavius gegen die Meinung seines Freundes machte, immer nur diese

unbeantwortlich, daß sich doch gleichwohl von dem letzten Geschenk der Alten vom Tempelgebirg, auch nicht eine Spur gezeigt hätte. Alles Wild, von der nun verlassenen Insel, schien
verscheucht zu seyn, und wenn sie auch in der Folge, etwa durch die dritte Hand, Erkundi-
gung einzogen, ob sich nicht zwei weiße Rehe mit den goldenen Spangen um den Hals sehen
ließen, die sie wirklich an ihren Armen vermißten, so war immer die Antwort der gefragten
Jäger oder Fischer ein mitleidig lächelndes Nein. Flavius und Julius fragten endlich nicht mehr,
weil sie sich schämten, und die ganze Begebenheit würde vielleicht, wenigstens von dem einen
der jungen Römer, vergessen worden seyn, wenn sich nicht in der Folge Dinge ereignet hätten,
die ihnen das Abentheuer auf Papavestra wieder in den Sinn brachten, und bei welchen nur
dieses zu beklagen ist, daß sich die Sage zu dunkel darüber erklärt, als daß wir deutlich davon
sprechen könnten.

Flavius und Julius wurden in späteren Jahren groß durch Tugend und Thaten. Viele unter
ihren ehemaligen Kriegsgefährten, deren Befehlshaber sie jetzt geworden waren, gaben vor, vielleicht um den Schimpf, hinter ihnen zurückgeblieben zu seyn, etwas zu vermindern, die Helden
wären besondere Lieblinge der Götter. Die Auguren wollten mehrmals gesehen haben, daß zwei
weiße Adler, wenn es zur Schlacht ging, ihre Häupter umkreiseten, oder ein paar weiße Tauben,
gleich den Vögeln Cytherens mit goldenem Halsschmuck gezieret, sie im Schlaf bewachten.
Andere trieben, so wie die Helden größer und zur Schmeichelei reifer wurden, ihre fabelhaf-
ten Sagen noch weiter, bald wollte man sie in den Wäldern Italiens, bald auf der öden Ebene
von Salisbury in Brittanien, an dem Arme himmlischer weiß gekleideter Jungfrauen wandeln
gesehen haben.

Titus Flavius, den die Welt bald darauf unter dem Namen Vespasianus, als einen guten Kaiser
verehrte, und der schon damals, den gehaßten Beherrschern Roms zum Trotz, den Namen Cäsar
oft aus dem Munde der Legionen hörte, dieser Mann, dem man es allmählig anmerkte, was er
einst werden würde, wurde um ähnlicher Erscheinungen willen, von vielen zum zweiten Numa
gemacht. Wir wissen hiervon nichts zu sagen, als daß, wenn an diesen Dingen etwas war, die
Nymphe an seiner Seite, keine Egeria, sondern eine von Voadiceens Töchtern, die weite Velleda,
seyn mußte, die ihm in jener Nacht von der Alten des Tempelsgebirgs zur Lebensgefährtin
gegeben ward, und die er sicherlich zur Kaiserin gemacht haben würde, wenn diese Dame je
eine andere Neigung als platonische Liebe an ihm geduldet hätte. Wenn sie und ihre Schwester
sich ihren Freunden zuerst entdeckten, oder, wie das geschahe, ist nie kund worden.

Zwischen Julius, den man in der Folge Agricola nannte, und seiner Voada fand eine etwas
zärtlichere Leidenschaft statt, als zwischen ihrer Schwester und Flavius; aber der Himmel, der
den Töchtern der unglücklichen Voadicea, die Seligkeiten der Liebe nicht gönnen wollte, be-
günstigte diese Leidenschaft nicht, ein Blitz tödete einst die holde Voada an ihres Julius Seite.
— Als er in der Folge Brittaniens Stadthalter, und der Beglücker dieser Insel ward, da setzte er
der weisen, der tugendhaften Geliebten, durch deren Lehren er das wurde, wofür ihn noch jetzt
die Geschichtbücher rühmen, ein herrliches Denkmal. Die Nachwelt findet seine Trümmern
nicht mehr, die Zeit hat den redenden Marmor zerstört, nur ein grüner Hügel deckte Voadens
Aschenkrug den man in unsern Zeiten ausgegraben hat, ohne ihn zu kennen. Julius, der damals,
als ihm das Feuer des Himmels die Geliebte raubte, noch nicht reich und groß war, gab ihr das
köstlichste, was er hatte, einen Theil seiner Waffen mit ins Grab; Ueberbleibsel von denselben
fand man bei dem ausgegrabenen Todenkruge.

Als Velleda lang hier an dem Grabe der letzten unter ihren Schwestern geweint, als sie manche
Wallfahrt nach jener Insel gethan hatte, wo die andern Töchter Voadiceens lieber den Tod, als
das Loos wählten, in die Hände der Römer zu kommen, die ihnen ihre scheidende Pilgerin zu
Schützern geben wollte, und die sie nur aus Vorurtheilen fürchten konnten, als, sage ich, die letzte der neun icanischen Prinzessinnen lang genug dies traurige herumschweifende Leben geführt
hatte, da geschah es, daß das Glück ihren Freund Flavius auf den römischen Kaiserthron erhob.

Er schaffte ihr ein dauerndes Glück. Sie lebte als eine Fürstin in Brittanien, und die bruckterischen Gebirge in Teutschland, die sie nach Art ihrer Pflegmutter fleißig besuchte, ehrten
sie als eine ihrer ersten Weisen.

Sie wurde von den alten Germanen fast vergöttert, und es gelang ihnen, sich Albions Velleda so ganz zuzueignen, daß nur wenige, so gut belehrt als wir, es wissen, daß sie keine Teutsche, sondern eine Brittin war.

In England zeugen von ihr die Trümmer einer Sternwarte auf der Ebene von Salisbury, wie auch die grauen Widder von Marlborough, von welchen ich euch die Fabel nächstens erzählen will.

Aber Teutschland dankt den jährlichen Zusammenkünften, die sie mit den Frauen ihres Ordens auf den bruckterischen Gebirgen zu halten pflegte, die Sagen von Hexenfesten auf dem Brocken; ihr wißt wohl, sobald eine Sage in den Mund des Pöbels kommt, so modelt er so lange daran, bis sie herabgewürdigt, und ihm ähnlich wird. Kluge Kenner alter Traditionen wissen wohl, was sie von solchen Dingen zu halten haben.

II. Riesentanz.

In vorigen Zeiten hatte die Weisheit noch einige Vorrechte mehr als in unsern Tagen; ihre Geweihten alterten nie, und ihr werdet euch nicht wundern, meine Leser, daß Velleda, obgleich keine Fee, denn die unverwelklichen Reize dieser Damen sind weltbekannt, doch damals noch, als der erste Geliebte ihrer Jugend schon ein alter Kaiser war, noch immer ein Gefolg von Bewundern um sich hatte, welches ihr oft herzlich lästig fiel.

Sie würde sie alle verabschiedet haben, hätte sich das so schnell thun lassen, als ihr denkt; ihrem Herzen, welches sich in den schönsten Tagen ihres Lebens so weit hatte überwinden können, den geliebten Flavius blos zu den Namen eines Freundes und Beschützers herabzusetzen, ihrem Herzen würde es nicht schwer geworden seyn, alle Prinzen und Weise, die sich um sie bewarben, auf der Stelle zu entlassen; aber ihr seht wohl ein, daß eine Prinzessin, welche keine Zauberin ist, und deren ganzes Ansehn in der Macht eines Fürsten gegründet ist, der auf der Grube geht, einige Rücksichten in acht zu nehmen hat. War Vespasianus dahin, so half die Achtung, in welcher die icanische Prinzessin unter ihrem Volke lebte, ihr vielleicht zu nichts weiter, als daß man ihr ihre Stimme bei den religiösen Streitigkeiten der Druiden und ihre beiden Thürme ließ, deren einen sie in der Gegend von Marlborough, den andern in der Ebene von Salisbury gebaut hatte.

Zauberinnen und Weise waren von jeher Freundinnen von hohen Thürmen, und ihr werdet finden, daß von Teutschlands Melusine bis auf die Halbgöttinnen der Madam D' Aunoy nicht eine war, welche ihr Wesen nicht auf einem mit Diamanten oder rauhen Dachsteinen gedeckten Thurme gehabt hätte.

Velledens Thürme hielten das Mittel zwischen diesen beiden Extremen der germanischen und gallischen Phantasie, sie waren hohe Sternwarten, ihrer Erbauerin, der Freundin eines Cäsärs, die Rom und seine Wundergebäude gesehen hatte, nicht unwürdig. Ueberbleibsel des einen findet ihr noch auf der mehr besagten Ebene von Salisbury, und wenn ihr euch das hinzudenkt, was der Zahn der Zeit von diesem alten Denkmal abgenagt hat und dessen freilich viel ist, so werdet ihr es nicht unmöglich finden, daß sie angenehme Wohnungen für eine Dame, welche die Einsamkeit liebte, gewesen seyn konnten.

Hier verlebte Velleda in der Nachbarschaft des Himmels, dessen Sternenschrift sie so gut zu lesen wußte, ihre glücklichsten Tage, hier hatte sie zwei Söhne ihres Flavius, die er in keine bessern Hände als die ihrigen zu geben wußte, erzogen; zwar nur aus dem einen einen Titus, welcher den Tag, der keine gute That begleitete, für verloren rechnete, leider aber sah sie doch von dem andern, dem tyrannischen Domitian, den sie bald aus ihren Händen ließ, da sie merkte, daß keine Zucht ihn besserte, sah sie doch von ihm vorher, er werde nur kurze Zeit wüten, und einem bessern Nachfolger Platz machen.

Velledens Wissenschaft war beschränkt, so wie die Wissenschaft ihrer alten Lehrerin; ihre Macht war es noch mehr. Die Unsterblichkeit welche ihr die himmlische Weisheit zu geben versprach, beruhte auf Bedingungen und schloß sie nicht von Zufällen aus, die sie, gleich jener Weisen, zum gemeinen Loos aller Menschen herab bringen konnten. Es bedurfte eben nicht des vergifteten Bluts einer Flavia, eine Halbgöttin nach und nach in Stein oder in einen unwesentlichen Hauch zu verwandeln, es gab der Klippen mehrere, als ungemäßigten Zorn, an welchen eine himmlische Seele scheitern konnte. Velleda wußte dieses, und die Behutsamkeit, mit welcher sie aus dieser Ursache über ihre Schritte wachte, raubte ihrem Leben den Reiz der Freiheit, der allein das Leben schön macht.

Die Weise hatte der Sorgen mancherlei, und wenn jedermann sie auf den Spitzen ihrer Thürme von allen Beunruhigungen der Menschheit entfernt, und glücklich wie eine Göttin achtete, so weinte sie doch wohl daselbst sehr menschliche Thränen, die sie verbergen mußte, wenn sie in den Augen des Volks, das sie anbetete, bleiben wollte, dafür sie geachtet ward.

Ausser ihrem eigenen Schicksal bekümmerte sie nicht allein das Schicksal ihres Flavius und seiner Söhne, sondern auch das Wohl ganzer Reiche, Roms und Albions Wohl; sie sah bei diesen Dingen allen weit in die Ferne, aber, wie es bei fernen Gegenständen zu geschehen pflegt, sie sah dunkel, sie wünschte heller zu sehen, sie strengte die innere Sehkraft ihrer Seele an, und sank in die tiefste Melancholie herab, wenn alles ihr Streben vergeblich war. Ach wohl recht hatte die Aurinie ehemals zu ihr gesagt: Wehe dir, wenn dich die himmlische Weisheit nicht durch ihre himmlischen Tröstungen für alle Leiden schadlos hält, welche übermenschliches Wissen bereitet!

Velleda war eines Tages den lägen Zudringlichkeiten ihrer Bewunderer, die sie auf ihrer Burg zu Marlborough zurückließ, entflohen; und die einsamen Ebenen von Salisbury sahen ihre Göttin wieder. Neuer Glanz schien die Natur zu schmücken, da sie gleich dem Frühling in ihrer Schönheit herauf schwebte. Die Blumen, die Vögel und die hier des Waldes grüßten sie, wie man die Unglaublichen grüßt, und Velleda dankte mit einem Lächeln, welches alles belebte. Aber sie lächelte nur andern, nicht sich selbst. In der Einsamkeit flossen von neuem ihre Thränen, sie ist, den diesesmal nicht allein um der Ursachen willen, deren wir vorhin gedachten, nein, es war als wenn in den schwarzen Stunden dieses Tages Gegenwart, und Zukunft zu arm wären eine himmlische Seele mit ihren Schrecknissen zu bestürmen; auch die Vergangenheit brachte ihren Zoll, und das Schicksal ihres Hauses, davon wir euch im vorhergehenden benachrichtigten, schwebte der Weisen heute so lebhaft vor, als wenn sie alles Schreckliche desselben noch einmal belebte. Es giebt der Tage auch im Leben ganz gemeiner Menschen, da sie etwas ähnliches erfahren, und wohl dem dann, welchem so gerathen wird, wie der weisen Velleda!

Ihr Adlerauge blickte von der Höhe, auf welcher sie saß, weit umher, und überall stieß es auf Denkmäler der Trauer; dort sank der König mit der eisernen Krone, dort wurden die Geheimnisse der heiligen Insel ein Raub der Feinde. Auf jener Ebene bluteten Bunduica und Voadicea, dort stürzten sich sechs von den Töchtern der Unschuld in die Flammen von Papavestra, um sich nicht zweifelhaften Händen anvertrauen zu müssen, und hier, hier, fast an den Mauern des Thurms, war das Grab der holdseligen Voada, welche das Feuer des Himmels traf, um sie irdischer Liebe zu entreissen; ein bedeutender Wink für Voadens Schwester, hätte auch in ihrem immer noch jugendlich fühlenden Herzen, ein Wunsch für einen dererjenigen geglimmt, die sie zu Marlborough zurückließ, ihm nicht Gehör zu geben. Es stand nun einmal im Buche des Schicksals geschrieben, Voadiceens Töchter sollten für die schönste der menschlichen Leidenschaften verloren seyn.

Der Himmel führt seine Erwählten nur darum auf die höchste Staffel des Leidens, damit er sie von dort auf einmal in Regionen entrücke, wo alles still und heiter ist, und wo ihnen kaum das Andenken vorigen Kummers übrig bleibt. Der Tag, wo Velleden alle Stürme quälender Leidenschaften zu Boden zu drücken dachten, war der letzte Tag des Schmerzens für sie, war der erste ihrer vollkommenen Apotheose. Höret hiervon die fabelhafte Sage.

In der Mitte der Ebene von Salisbury, wo ihr heut zu Tage nichts als grünende Begräbnißhügel und die Trümmern von Stonehenge siehet, wölbten sich damals die Schatten eines dicken Eichenwaldes zusammen. Velledens Thurm gränzte dicht an dieselben, aber ungeachtet der Nachbarschaft, hatte sie noch nie den Gedanken gehabt, in die Schatten desselben einzudringen. In dieser Nacht der Trauer sollte sich ihrem Auge etwas darbieten, welches, indem es ihre Neugier in jene Gegend lockte, sie auf den Weg ihres Glücks führte.

Velleda sah, so wie die Dunkelheit der Mitternacht, welche diesesmal kein Stern erhellte, hereinbrach, von der Höhe, wo sie saß, in der Tiefe des Waldes, sich einen Kreis leuchtender Riesengestalten bewegen, sie umzogen in labyrinthischen Tänzen ein majestätisches Gebäude, dessen Anblick der Weisen ganz neu war. An seinen Frontespizen strahlte eine Inschrift, welche selbst Velledens Adleraugen näher betrachten mußten, um ihren Inhalt zu verstehen, und ihm verstehen wollte, mußte die Weise.

Velleda schwebte eilig von der Höhe des Thurms herab. Sie drang in die Schatten des Waldes; so wie sie sich nahte, zerflossen die leuchtenden Riesengestalten in der Luft, aber das Wundergebäude, davon euch die Zeit noch einige Trümmer auf der Ebene von Salisbury übrig gelassen hat, mit seinen dreifachen Kreisen, blieb, auch blieb die Inschrift, welche nicht auf die Nachwelt kam, und welche die Sage also angiebt:

„Als Kambyses den Dienst der Gottheit aus Egypten ins Dunkle verjagte, flüchtete ein Theil ihrer Diener in diese stillen Gegenden. Dem, der alles schuf, und seiner Tochter, der großen Natur, errichteten sie dieses Heiligthum, Gehe ein, Schülerin der Weisheit, in die Freistatt der Unsterblichen! Hier reinigt dich ein ätherisches Bad von allem, was deiner himmlischen Abkunft fremd ist hier zieht dich der Unterricht der Weisen, welche jede Nacht diese Mauern in mystischen Tänzen umkreisen, zu Kenntnissen, heran, welche alles übertreffen, was du vordem lerntest. Gehe ein! Die Kräfte der Natur sind dein, und du herrschest über alles!"

Und Velleda ging ein; was ihr aber in dem wundervollen Gebäude begegnete, ist nie kund worden; man sah nur aus den Wirkungen, daß die Erfüllung nicht hinter dem Versprechen zurückgeblieben sein mußte. Sie war ganz eine Göttin, als sie wieder hervorging. Nicht allein schöner und weiser als je zuvor, sondern auch glücklich wie die Kinder des Himmels. Sie hatte Vergessenheit getrunken, Gram und Traurigkeit hatte sie zurückgelassen, und da ihr Blick geschärft und untrüglich, alle Gegenden übersah, welche bisher noch dunkel vor ihrer wißbegierigen Seele lagen, da sie mit übermenschlichem Wissen auch übermenschliche Macht verband, so sprecht, was so einer vielversprechenden Dame noch zu wünschen übrig bleiben konnte?

Was Velleda disseit des Riesenbads eigentlich wurde, das kann ich euch nicht sagen, wollt ihr sie eine Zauberin nennen, so dürf' ichs euch nicht wehren; ein Zauberstreich wars doch allemal, daß sie, im Hinunterschweben nach ihrem Thurme zu Marlborough, die Liebhaber, welche ihrer Entscheidung dort harrten, und bei Forderung derselben etwas ungestüm wurden, in die grünen Steine verwandelte, welche die Nachwelt noch heut zu Tage anstaunt, und in ihnen die Gestalt, welche ihnen die unwillig gemachte Weise geben wollte, die Gestalt gehörnter Widder nicht verkennen kann.

Als es Velleda auf unserer Erde nicht mehr gefiel, und sie in lichtere Regionen hinüberging, da soll einer ihrer Vertrauten in dem Tempel von Salisbury eine kleine Sammlung ausländischer Sagen gefunden haben, mit welchen sich die Weise in Nebenstunden — auch Weise bedürfen der Erhohlung — zu desennuyiren pflegte. Hier ist eine derselben, welche wir darum wählen, weil sie in dem Schicksale zwölf unglücklicher Prinzen eine entfernte Aehnlichkeit mit der Geschichte der neun icanischen Prinzessinnen zeigt.

III. Sam und Siuph — oder die Kinder des heiligen Stiers.

König Sam *[Vermuthlich Psammenitus, dem Cambyses die Krone nahm.]* war der Abkömmling einer Reihe unglücklicher Prinzen, die schon längst den ägyptischen Thron unter sich wanken fühlten, und sich mit Mühe auf demselben erhalten konnten. Als Sam ihn bestieg, wichen alle seine Stützen, er sank, um sich nie wieder zu erheben. Die Perser überströmten das Land. Memphis konnte sich nicht lang gegen seine mächtigen Belagerer vertheidigen. Der König der Perser hatte die gottlose Freude, das Feuer im Tempel des Phtha auszulöschen, die Priester des Apis zu beschimpfen, und die Abkömmlinge des Himmels, die göttlichen Pharaonen, mit Fesseln zu belasten. Auch durchstach er in blinder Wuth den Damm, der die Stadt der Städte den Armen des Nils entriß, um die abgeleiteten Fluthen wieder herein zu ziehen, und das Wunder der Welt, das prächtige Memphis zum Wassersee zu machen. *[Memphis soll auf das alte Bette des Nils gebaut gewesen seyn, als der Damm, der dieses Wunder bewürkte, nicht mehr unterhalten wurde, so mußte die Stadt, deren Stelle man in unsern Tagen nicht mehr zu finden weis, untergehen; doch geschahe dieses erst in späteren Zeiten.]* Doch der Wohlthäter Aegyptens gehorchte dem Tyrannen nicht, ruhig wälzte er seine heiligen Fluthen in dem Bett, das ihm vor Jahrhunderten der große Menes grub, nach dem Meere fort, und verschonte die Stadt, die noch eine Zeitlang von der Größe der alten ägyptischen Herrscher zeugen sollte, da sie selbst und ihre Nachkommen schon längst von der Erde vertilgt waren.

König Sam und sein ganzes Haus wurde vor den Ueberwinder gebracht. Goldene Fesseln belasteten ihn; man wollte noch in der Tiefe des Elends durch diesen kläglichen Prunk seiner ehemaligen Hoheit spotten. Der Versuch mislang. Sam blieb groß mitten in seiner Herabwürdigung. Keine Thräne entweihte sein Auge, kein sklavischer Blick demüthigte sich vor seinem Sieger, und wer den übermüthigen Perser auf seinem Throne, den gefangenen Pharao in seinen Ketten sah, der kam in Versuchung, zu glauben: Der König von Aegypten habe sich mit irgend einem seiner Sklaven die Lust machen wollen, wie jenem die Krone, ihm selbst die tiefste Erniedrigung an stehe.

Der König von Persien fühlte es tief im Herzen, in was vor einem Lichte er sich zeigte. Er wollte, er mußte Thränen aus den Augen eines großes Gefangenen fließen sehn.

Ein Wink, und das ganze königliche Haus wurde vor dem unglücklichen Pharao übergeführt. König Sam sahe seine hochbejahrte Mutter, seine zarte Gemahlin, von eisernen Ketten zu Boden gedrückt, durch den Saal schwanken, ein verzweifelnder Blick fiel aus ihrem Auge auf ihn, der ihn halb und halb anzuklagen schien, daß er nicht tapfer, oder nicht glücklich genug gewesen war, dieses Elend von ihnen abzukehren. Sam fühlte den Vorwurf, aber er weinte nicht.

Die jungen Prinzessinnen, unter welchen die schöne Vitetis, wie der Mond unter den andern Lichtern der Nacht hervorglänzte, wurden in Sklaventracht, bis auf den Gürtel entblößt, vorüber geschleppt. Ihre Augen strömten; sie streckten die weißen Arme hülfebittend nach dem gefangenen Könige aus. Sams Herz bebte, aber er weinte nicht.

Da kam ein Haufen gefangener Knaben und Jünglinge, man führte sie zum Tode. Der König wußte, daß seine Söhne darunter waren, sein brechendes Auge unterschied sie wohl unter der Menge, aber er hütete sich, sie durch eine Thräne zu verrathen.

König Sam hatte zwölf Söhne, die er, nach der Weise der Pharaonen, in Unwissenheit ihres Standes, unter andern Jünglingen erziehen ließ, der König von Persien wünschte sie zu wissen, um mit ihnen den Stamm der ägyptischen Könige ganz ausrotten zu können. Dieses Trauerspiel hatte nicht nur den unglücklichen Sam tiefer demüthigen, nein, es hatte auch das Mittel werden sollen, seine Kinder dem Tyrannen zu verrathen. Eine väterliche Thräne konnte hier das ganze Geheimniß enthüllen; aber Sam weinte nicht, und der Sklave auf dem Throne fühlte sich noch tiefer unter seinen Ueberwundenen gedemüthigt, als er es zuvor war.

Als der König von Persien sahe, daß jeder Versuch vergebens war, den großen König von Aegypten herabzuwürdigen, da ward sein Entschluß fest, den Helden, der ihm trotz bot, zu tödten. Er bestieg einen prächtigen Wagen, den tausend Krieger in glänzender Rüstung umringten, und befahl, einen Gefangenen dicht neben ihm herzuleiten, damit die Räder ihn mit

Staube bedeckten, und er das bestimmte Opfer seiner Wuth in solcher Erniedrigung immer vor Augen habe.

Der Wagen rollte bald wie im Sturmwinde dahin, und man zwang den König von Aegypten seine Schritte bis zur Athemlosigkeit zu verdoppeln, um ihm gleich zu kommen, bald hemmte die Menge des Volks den Siegeszug des stolzen Tyrannen, Sam mußte langsamer gehen, und die Blicke des gaffenden Pöbels aushalten, deren keiner jedoch anders, als mit Achtung und wehmüthigen Bedauern auf ihn fiel.

Es war nahe bei einem Triumphbogen, welchen das heuchelnde Volk dem Tyrannen, den es verabscheute, aufgerichtet hatte, um seine Schonung zu erbetteln, daß sich der Weg, durch das Gedränge des Pöbels so ganz stopfte, daß man bei einer Viertelstunde lang halten mußte, um sich das Volk gemachsam zerstreuen zu lassen. Der persische König stellte sich gern auf diese Art den Augen der Schauer blos; er glaubte, indem er sich beschäfftigte, die Inschriften seines Triumpfbogens, eine Sammlung der unverschämtesten Schmeicheleien, zu lesen, die Blicke des Volks blos mit sich und seiner Größe beschäfftigt; ach sie ruhten auf ihm nur mit Abscheu, und schnell fielen sie immer nieder auf den unglücklichen Sam, der in seiner stillen Größe da stand, und ein König blieb, der Perser mochte es anfangen, wie er wollte.

In diesen stummen Minuten geschah es, daß ein alter Bettler sich durch das Gedränge bis zu dem Siegeswagen des Triumphators hin durch arbeitete. Sein Gesicht war bleich und abgezehrt, sein Haar weiß, sein Rücken gebogen, seine Glieder nur mit wenigen Lumpen vor der Glut der Mittagssonne gedeckt. Sams Augen zeichneten ihn schon in der Ferne aus, und sein Gesicht veränderte sich, indem er ihn steif anblickte, auf eine wundervolle Art. Der Alte nahte sich ihm mit der Geberde eines Allmosenbittenden; einige Kupfermünzen, die ihm die Umstehenden gegeben hatten, lagen schon in seiner zitternden Hand.

Ein Almosen dir? Ich dir ein Almosen? schrie der König von Aegypten, indem er die Hände des Alten faßte, und sie fest in den einigen zusammendrückte. O, Akoris mein Akoris! Freund! Lehrer meiner Jugend, du ein Bettler! O, du bricht mir mein Herz! Also auch dich riß mein Unglück mit in den Abgrund? — Siehe Akoris, der, der dir ewige Dankbarkeit schwur, hat nichts dir zu geben als diese Fesseln, nichts, als sein Blut, das er nun bald vergießen wird.

Thränen hemmten hier die Worte des uns glücklichen Königs, er schloß seinen Freund, den in diesem Augenblicke jedermann für den Stadthalter von Sais, des Königs ehemaligen Lehrer, erkannte, in seine Arme, und weinte fort, und schämte sich nicht zu weinen o Thränen, wie diese, hätten einem Engel Ehre gemacht!

Es erhub sich ein Murmeln unter der Menge über dieser Scene. Aller Augen waren auf den gefallenen Stadthalter von Sais und seinen unglücklichen König gerichtet. Selbst der Perser auf seinem Siegeswagen, zog seine Blicke von der Weide seiner Eitelkeit, von jenen in Marmor gehauenen Lügen zurück, und heftete sie auf den großen Gefangenen an seiner Seite, der eben seinen Freund aus den Armen gelassen, und ihn mit einer Miene, die jedermann verstand, in das Gedränge zurückgestoßen hatte. Das Volk kam um den zitternden Alten zusammen, und verbarg ihm zwischen sich, alle waren der Meinung ihres geliebten Königs, daß man dem Perser nicht in der Person des tugendhaften Akoris ein neues Opfer liefern müßte.

Sams Thränen flossen fort. Die Augen des Königs von Persien waren fest auf sie gerichtet; er schien sich an, ihnen zu weiden. Sein Gemüth ward auf eine seltsame Art bewegt. Seine Farbe veränderte sich zu mehrern malen, und seine Augen bekamen einen sanften Blick, den man noch nie in ihnen gesehen hatte.

Es ist also doch ein Mensch und kein Halbgott, rief er nach einer langen Pause, den ich vor mir sehe! O für Menschen habe ich Gefühl! Thränen können mich erweichen, aber kein stolzer Trotz! Man führe ihn zurück in sein Gefängniß, ich will sehn, was ich für ihn thun kann!

Es ist unbekannt, was König Sam bei diesen halb stolzen, halb milden Worten fühlte; wahrscheinlich hörte er sie kaum. Noch immer strömten seine Augen, und er rief von Zeit zu Zeit: O Akoris! Akoris! Alles andre, was ich litt, war für Thränen zu groß, aber um dich kann ich weinen!

Dem Könige von Aegypten, welcher in diesen Minuten wahrscheinlich nichts dachte, als sich und seinen Freund, kam es wohl schwerlich in den Sinn, in diesen Worten etwas zu sagen, das den Beifall eines Ueberwinders haben sollte, doch der persische König hörte auch diese Worte mit einer gefälligen Miene, und schien durch dieselben zu noch mildern Gesinnungen gebracht zu werden. Während er seinen Weg nach dem Tempel des großen Phtha, wo er das heilige Feuer ausgelöscht hatte, fortsetzte, um dort ein neues auf dem hohen Altare anzuzünden, brachte man den gefangenen König in einen erleidlichen Kerker.

Der Perser wollte nur überall seine Macht beweisen, wollte nur, daß man sie überall anerkannte, geschah dieses, so ward er zuweilen menschlich, und nahm gern von seinen strengen grausamen Befehlen zurück, was sich noch zurücknehmen ließ, oder verbesserte, was er verbessern konnte. Freilich kam er mit diesen Aenderungen oft zu spät, wenn es die Gottheit nicht verhütete. Hätten, zum Beispiel, die Fluthen des Nils schnellen Besitz von den Schleußen genommen, die er ihnen in dem Damm von Memphis öffnen ließ, so hätte ihm hinten nach die Reue, sich um eine seiner schönsten Eroberungen gebracht zu haben, nichts helfen können.

Als König Sam in der Nacht, nach diesem Tage sich auf sein Lager gestreckt hatte, wie natürlich, ohne zu schlafen, da öffnete sich die Thür seines Gefängnisses und Akoris trat herein.

Dies ists schrie der Gefangene, indem er seine Arme nach ihm ausstreckte, ach dies ists, mein Freund, was ich für dich besorgte! Warum mußte mein Herz endlich überfließen? warum mußten meine Thränen dich verrathen? O in dir besizt der Tyrann die Macht mich zwiefach zu tödten!

Warum eben in mir? fragte Akoris, du hast eine Mutter, du hast eine Gemahlin und Kinder, willst du mich bereden, daß ich deinem Herzen näher sey, als jene?

Akoris, du weißt, wie ich dich liebe, aber — nein, dies nicht!

Gleichwohl sahst du ihr Elend mit kaltem Verstummen, und nur um mich flossen deine Thränen?

O zu groß, zu groß war jenes, um auf menschliche Art betrauert zu werden, aber das Deine — verzeihe Akoris! — du bist nur mein Freund!

Die nehmliche Sentenz, die ich heute hörte! sie klingt epigrammatisch schön, sie ward sehr bewundert, aber, erlaube mir, König, sie hat wenig Wahrheit hinter sich. Du weinetest um die, welche deinem Herzen die nächsten waren, nicht, weil du nicht weinen wolltest, weil du dem Tyrannen Trotz zu bieten dachtest; um mich weintest du, weil du auf meinen Anblick unvorbereitet warest, und deinem vollen Herzen die Erleichterung in der Eil nicht versagen konntest. — Hab ich recht? — Nun, so höre noch mehr: Eben um dir die Wohlthat der Thränen zu verschaffen, trat ich in der elenden Gestalt, in der du mich sahest, aus der Menge hervor, ich kannte dieses stolze unbiegsame Herz, das sich über die Menschheit erheben oder brechen wollte. Brechen sollte es nicht, es kann noch bessern Tagen entgegen schlagen. O Sam! Sam! lerne ein Mensch seyn! Stolz und Härte ist keine Tugend! In welchen Abgrund würden sie dich gestürzt haben, wenn ein Zufall sie nicht gebrochen hätte! Du wärst dahin! Die Deinen wären das Schlachtopfer eines Tyrannen geworden, der blos um Deines Trotzes willen sie nicht geschont haben würde, eines Tyrannen, den — gleichwohl eine Thräne von dir erweichen konnte; und diese Thräne wolltest du dem Glück der Deinen nicht gönnen? —

O Sam! Sam! so lehrte ich dich nicht lerne die wahre Größe kennen Sie trotzt dem Unglück nicht, sie weicht ihm! Dies that Akoris, er ging dem kommenden Sturme aus dem Wege, und gewann sich dadurch die Möglichkeit, seinem Könige, seinen Lehrlinge, seinem Freunde die Hand zu bieten, um ihn dem Abgrunde zu entreissen. Ich bin kein Gefangener des Perserkönigs, wie du vorhin wähntest, ich bin frei, und weis Mittel, es zu bleiben. Dir gleichfalls die Freiheit mitzutheilen, dahin reicht meine Macht nicht, aber ich werde oft bei dir seyn, um dir zu rathen. Folgest du meinen Rathschlägen, so kannst du noch einst den Thron von Aegypten von neuem besteigen, wo nicht — nun so bist du das Opfer deines Eigendünkels, wie du es schon oft warest, und einer deiner Söhne genießt dann, was ich dir zudachte.

Wisse, ich habe die Prinzen alle in Sicherheit gebracht, und der würdigste von ihnen soll einst König und dein Rächer an dem Perser seyn. Für das Schicksal der Königinnen und deiner

Töchter magst du selbst durch deine Klugheit sorgen. Dein Ueberwinder wird dich morgen vor sich kommen lassen; denke daran, daß du nicht mehr König von Aegypten, sondern ein Gefangener bist, denke, daß von einer Art von Unterwerfung, die sich gar wohl mit der Hoheit wahrer Tugend verträgt, das Glück deiner Mutter, deiner Gemahlin, und aller der uns schuldigen Geschöpfe abhängt, die dein Unglück und dein Stolz aus der Stille des innern Palasts in die Gewalt wüthender Feinde brachte.

Deine Töchter können noch ein glänzendes Loos ziehen, denn sie sind schön und tugendhaft. Noch liebt der Perser die Jüngste von ihnen. Zora, die dein Eigensinn, ihn in den Tagen übermüthigen Glücks versagte, wird Königin seyn und bleiben, wenn kein widriger Rath sie von ihrer Pflicht verlockt; hüte dich, Geber dieses Raths zu seyn, hüte dich, nur auf entfernte Art in denselben einzustimmen! die Götter sind Rächer des Meineids, auch an Feinden begangen! Die Tochter an der Seite deines Ueberwinders sichert dein Leben, das Gegentheil — doch nicht zu viel darf ich dir von der Zukunft enthüllen! ich selbst sehe nur dunkel in derselben. O Nitetis! Nitetis! was schwebt mir von dir vor! was wird aus dir werden? du warsts, die diesem unglücklichen Fürsten die Macht des Feinds auf den Hals zog! Mußtest du so die Güte des Oheims belohnen, der dich seinen Töchtern gleich liebte? O du verdienst, verdienst gestraft zu werden!

König Sam hörte dem Prediger zu, ohne zu antworten. Sein Herz bejahte alles, was er sagte, und der letzte Theil seiner Rede gab ihm, nachdem Akoris verschwunden war, noch Stoff genug zu Muthmaßungen und Betrachtungen. Da dieselben sich auf die innere Geschichte des königlichen Hauses bezogen, welche euch, meine Leser vermuthlich noch unbekannt ist, so will ich, indessen der Stadthalter von Sais sich zu den geretteten Prinzen verfügt, und König Sam seinen Reden nachdenkt, euch einige kleine Winke über dieselben geben. Zu der Zeit, als der König von Aegypten noch in der vollen Hoheit saß, die ihn allen Monarchen seiner Zeit wenigstens gleich machte, zu der Zeit, da allenfalls nur er selbst und einige seiner vertrautesten Räthe es merkten, daß die Grundfesten eines Throns im Verborgenen zitterten, wenn eine äußere Macht sich regte, da bewarb sich der persische Monarch um eine von den Töchtern des ägyptischen Pharao, um die schöne Zora.

Die Prinzessin hegte keinen Widerwillen gegen die Verbindung mit dem ausländischen König, den sie nur aus dem Gerücht kannte, welches die halbe Welt damals mit seinen Thaten füllte. Zora war König Sams Tochter, es schmeichelte ihrem Stolze vor allen ihren Gespielinnen, das Auge des Tyrannen geblendet zu haben, vor allen ihren Schwestern zu erst den Namen Königin zu führen.

Die Räthe, besonders der weise Akoris, stellten die Gefahr einer abschläglichen Antwort vor, aber der stolze Sam, der sich durch seine Töchter lieber mit den Göttern des Himmels befreundet hätte, fand die Verbindung unter seinen Erwartungen. Ein entscheidendes Nein würde auf die Bewerbung erfolgt seyn, wenn nicht auch er die Gefahr desselben zu deutlich gefühlt hätte. Eine List sollte die Tochter Pharaos von der standeswidrigen Verbindung befreien, und eine andere unschuldige Seele, schon durch frühere Liebe gebunden, sollte das Opfer für sie werden.

Es war die schöne Nitetis, die Tochter des großen Amosis, eine nahe Verwandte des königlichen Hauses; sie liebte den Prinzen Siuph, den ältesten Sohn des Königs von Aegypten, ohne zu wissen, wer er war, er liebte sie, ohne zu wissen, daß er die Augen mit Hoffnung zu ihr erheben durfte; (ich habe es schon erwähnt, daß es die Gewohnheit mit sich brachte, die ägyptischen Prinzen, bis zu einem bestimmten Zeitpunkte, in der Unwissenheit ihrer Geburt zu erhalten.) — Nitetis hatte, den Sohn Pharaos oft unter den andern Jünglingen, die zuweilen dem Könige vorgestellt wurden, bemerkt, er sahe sie zuerst auf dem Feste der Schifffahrt der Isis. *[Es wurde zum Andenken der Reise gefeiert, welche die Göttin, ihren Gemahl zu suchen, über Meer that.]*

Den Kennern alter Gebräuche kann nicht unbewußt seyn, wie man dasselbe in den Tagen der grauen Vorzeit feierte. — Ein Hauptzug desselben, so wie aller Feste, die der Göttin Isis zu Ehren gestiftet wurden, ist die vollkommene Gleichheit aller Stände und aller Individuen, die sich zur Verehrung der allgemeinen Mutter, der milden Natur, versammlen. — Auch die Tochter des großen Amosis war nebst allen Prinzessinnen des pharaonischen Hofes an diesem Tage unter den jungen Mädchen, die das Bild der Göttin zu Schiffe begleiteten, und, mit den heiligen Reisegeräthschaften belastet, die gewöhnlichen Hymnen sangen. *[Auch Geräthschaften zum Putztisch der Damen gehörig, Kämme, Spiegel, Kleider und dergleichen.]*

Nutetis trug das nehmliche weiße Gewand, trug den Blumenkranz und den Schleier, den ihre Gespielinnen trugen, nichts zeichnete sie vor denselben aus, als ihre Schönheit, durch welche sie selbst die Töchter des Königs verdunkelte, die an ihrer Seite gingen, und von welchen die Jüngste am nemlichen Tage eine Eroberung an dem persischen Monarchen machte, der in verstellter Kleidung gegenwärtig war, die ägyptischen Gebräuche, von denen er in seinem Lande viel gehört hatte, zu sehen. —

Es gab hier Neues und Wundervolles genug für einen Ausländer, aber der Perserkönig sahe und hörte nichts, als die verschleierte Schöne, die das Sistrum auf eine bezaubernde Art rührte, und von welcher man ihm sagte, daß die König Sams Tochter sey. *[Sistrum, ein musikalisches Instrument, das zu den Attributen der Isispriester gehörte.]*

Prinz Siuph hatte keine Augen, als für die schöne Nitetis, die mit offenem Gesichte zwischen den andern Prinzessinnen ging und Blumen streute. Er fragte nicht, wer sie war, er dachte nichts als an ihre Reize, auch würde man sie ihm nicht genannt haben, da es, einem Jünglinge von seinem Alter für ein Verbrechen angerechnet wurde, Fragen dieser Art zu thun.

Siuph trug sich einen ganz Sommer lag, mit den unauslöschlichen Zügen eines Bildes, das er nicht kannte, und nach dessen Namen er nicht fragen durfte, der Herbst kam, und der Eindruck, den dasselbe auf ihn gemacht hatte, sollte noch vertieft werden. Um diese Jahrszeit wurde der Göttin Isis zu Bubastus ein großer Jahrmarkt gehalten. Schon bloße Muthmaßung, sein frommes Mädchen könne sich hier einfinden, lockte den Prinzen an diesen Ort. Der Liebende, der sich nicht von solchen Muthmaßungen leiten läßt, nicht alles für die bloße Möglichkeit, seine Geliebte zu sehen, in die Schanze schlägt, rühme sich wenigstens nicht zu lieben, wie Suph liebte.

Seine treue Pünktlichkeit ward belohnt. Unter den jungen Personen, welche kamen ihre Gelübde vom vorigen Frühlinge zu bezahlen, entdeckte er bald auch seine Nitetis. Sie führte an einem goldenen Bande eine schneeweiße Hirschkuh. Ihre beiden Gespielinnen, König Sams jüngste Töchter, die sie unaussprechlich liebten, und die man nie an ihrer Seite vermißte, begleiteten sie. Jede trug ein goldenes Horn, mit welchem sie, als Nitetis die Darbringung ihres Opfers vor dem großen Isisbilde am Eingange des Tempels verrichtete, den Opferton anstimmten. *[Die Gruppe einer Opfernden und zweier die Feierlichkeit mit dem Ton langer Hörner begleitender Figuren, findet man auf verschiedenen Antiken.]*

Diese drei Huldgöttinnen, in dieser Beschäftigung, gaben einen hinreißend schönen Anblick; Unschuld, Andacht, und fromme jugendliche Einfalt, welch ein himmlisches Dreiblatt! Siuph stand und schaute, stand und schaute im Verborgenen, bis er seine Verborgenheit vergaß, und den erschrockenen Mädchen sichtbar wurde.

Sie erschracken, aber sie flohen nicht, sie glaubten eine Göttererscheinung zu sehen, Siuph, nicht viel minder schön als sie, konnte leicht den jungen Horus, für den ihn Nitetis hielt, vorstellen.

Man erklärte sich gegen einander und ward vertrauter. Nitetis besann sich, den schönen Horus schon oft unter sterblichen Jünglingen gesehen zu haben, und ließ es sich sehr gern gefallen, daß er zum Menschengeschlecht gehörte.

Er fragte sie, welches Gelübde sie heut bezahle.

Eine von uns Dreien, antwortete sie, mit glühenden Wangen und tief zur Erde gesenktem Blick, hatte vorigen Frühling das Glück, oder das Unglück, hier die Augen eines Fremden auf sich zu ziehen, der um sie bei ihrem Vater wirbt. Mir würde es Unglück gewesen seyn, wenn das Loos mich getroffen hätte, und ich bringe der Göttin nun mein Opfer, daß es meine Gespielin traf, diese hier, die Schöne mit dem schwarzen Haar, die, wo ich nicht irre, dem, der sie wählte, gern folgen wird.

Diejenige unter den Gespielinnen der schönen Nitetis, die sich getroffen fühlte, ward durch diese Rede so beschämt, daß sie sich in ihren Schleier hüllte, und entflohe, ihre Schwester folgte ihr, und Nitetis blieb allein bei dem Prinzen, mit dem sie noch viel sprach, und dem es nicht schwer ward, die Zusage von ihr zu erhalten: Sie wolle, da sich der Platz um sie her allgemach mit Menschen füllte, und man nichts mehr allein mit einander sprechen konnte, sich zu der Zeit, wenn die Opfer im innern Tempel geschlachtet würden, in einem der Vorhöfe einfinden, und alles anhören und alles beantworten, was er ihr noch zu sagen hätte; sie müsse, sagte sie, ohne dem bei der Hand seyn, wenn ihre liebe Hindin, die sie nur der großen Isis, und nur für ein solches Gelübd zum Opfer geben könnte, ihr Leben ausblutete.

Die Priester der Isis mußten ihre Ursachen haben, warum sie niemand gern in der Nähe bei ihren Opferungen duldeten. Die Vorhöfe waren zu der Zeit, wenn die Opfer geschlachtet wurden, ganz leer, und man wollte Exempel wissen, daß Personen, die sich an diese verbotenen Oerter zu kühn gewagt hätten, von gräulichen Gespenstern geschreckt worden wären. Dem Prinzen und der schönen Nitetis mußte wohl bei ihrer verabredeten Zusammenkunft etwas ähnliches begegnet seyn, denn beide flohen nach wenig Minuten aus dem Tempel. Nitetis hatte ihr Opfer nicht bluten gesehen, und Siuph hatte von ihr, unter allen Dingen, die er zu wissen wünschte, nichts weiter erfahren, als: sie sey eine ägyptische Prinzessin; ein Umstand, der, da Siuph sich für einen gemeinen Jüngling hielt, ihm wenig Freude machte, er hatte ohne dem schon ihren hohen Stand aus ihrem Opfer geschlossen, da die Geringen im Volke ihr Gelübde allemal mit Flügelwerk zu bezahlen pflegten, und nur die Vornehmen Hirsche oder Stiere darbrachten.

Die schöne Nitetis hatte indessen ihr Gelübd zu früh bezahlt, der König von Persien warb zwar, wie sie gewünscht hatte, nicht um sie, sondern um König Sams jüngste Tochter, aber aus Ursachen, die wir eben erwähnt haben, mußte sie sich gefallen lassen, an der Stelle ihrer Gespielin nach Persien geschickt zu werden.

O wie bat, wie weinte sie! Ihre Seele war voll von dem Bilde des schönen Horus, anders wußte sie ihren Siuph noch nicht zu nennen, und sie war entschlossen, ihm um jedem Preis treu zu bleiben, und ihrer Freundin, der sie es geschworen hatte, auf keine Art Eintrag zu thun.

Der König von Persien hatte nur den Umriß von der Gestalt, der Schönen gesehen, die ihn am Isisfeste bezauberte. Nitetis kam ihr an königlichem Wuchs wenigstens gleich, und was die Schönheit ihres Gesichts anbelangt, so konnte sie eine Erwartungen wohl auf keine Art täuschen. Er würde zufrieden gewesen seyn, der Betrug des Königs von Aegypten wäre gelungen, und Nitetis hätte sein Herz und seine Krone gehabt, hätte sie beides haben wollen, und wäre es nicht noch auf eine Probe angekommen, in welcher sie weder bestehen konnte, noch bestehen wollte.

Der König reichte ihr das Sistrum, dessen Ton, nebst der hinreissenden Anmuth, mit welcher König Sams Tochter es jenesmal rührte, da er sie zuerst sah, es vornemlich gewesen war, was sein Herz erobert hatte.

Töne nun, du Himmlische, sagte er, töne die Harmonien vom Feste des beruhigten Meers-. *[Das Fest der Schifffahrt der Isis führte auch diesen Namen. Am Ende desselben, wenn man das Bild der Göttin zu Schiffe gebracht hatte, rief ein Herold. Nun sey das Meer von den Winterstürmen beruhigt; die Schiffahrt eröfnet. Isis schiffe voran, und bezeichne den Seeleuten den Weg.]* Mich dünkte damals, vor dir schwiegen die Stürme, vor dir ebnete sich die See; aber mein Herz wogte von unruhiger Leidenschaft! Töne nun auch Ruhe in meine Seele; Ruhe, ewige Ruhe in deinen Armen!

Nitetis, die voll Unmuth die Reise gemacht hatte, und allen Groll auf so eine herabwürdigende Art zum Opfer für eine andere hingegeben zu werden, noch in ihrem Herzen hegte, sah den König der Perser mit entrüsteten Blicken an; der Zorn, der sonst niemand verschönert, gab ihren Augen lebendigeres Feuer, es war der Zorn edlen Selbstgefühls, der in ihnen flammte. Ich bin König Sams Tochter nicht, rief sie, ich bin Nitetis, die Tochter des großen Amosis! Hinweg mit dem Saitenspiel, das ich nie rühren lernte! —

Man denke sich des Persers Erstaunen und Zorn, als er sah, wie die Schöne ihm gegen über, das Sistrum verächtlich von sich warf, und ihm den Rücken kehrte. Es folgten nähere Erklärungen, der Perser raste und schwur dem Könige von Aegypten den Tod. Nitetis gefiel dem Könige von Persien, aber die Gemahlin des stolzen Prinzen, der kaum die Tochter König Sams seiner Krone gewürdigt haben würde, konnte sie nicht seyn. Sie erhielt Anträge, die sie mit

Abscheu verwarf. Des Königs Grimm bedrohte ihr Leben. Sie hatte das Glück zu entfliehen; aber auf einer langen mühseligen Reise nach ihrem Vaterlande fand die Gelegenheit genug, den übereilten Schritt, der nicht allein über sie Gefahr und Elend brachte, sondern dem ganzen Aegypten den Untergang drohte, bitterlich zu bereuen.

Sie kam zu Memphis an, Zora war entzückt, ihre Freundin dem Gelübde treu wieder zu sehen, und sich die persische Krone aufbehalten zu wissen. Ach ganz kurz ging diese kindische Freude vor den ersten Boten her, die dem unglücklichen Sam die Rache des Perserkönigs verkündigten.

Der Himmel hatte Pharaos Untergang beschlossen, ihr habt gehört, wie der, vielleicht nicht unbillig zürnende König von Persien verfuhr, auch werdet ihr nicht vergessen haben, in was für einem Zustande sich der königliche Gefangene im Kerker befand.

Der weise Akoris hatte ihn verlassen, um sich zu den geraubten Jünglingen, den Söhnen des Königs zu verfügen, die er im Palmwalde von Saccara verborgen hatte. Die Weisheit ist das mächtigste auf der Welt. Die Geschichte sagt nicht, daß der weise Akoris ein Zauberer gewesen sey, aber gewiß ists, daß er ausserordentliche Dinge möglich machte, zu deren Bewirkung man fast nichts mindres, als eine übernatürliche Kraft annehmen kann. Die Entführung der Prinzen aus den Händen ihrer Henker war keine seiner geringsten Thaten.

Die Jünglinge befanden sich in Erwartung ihres Retters in einer kühlen Felsenhöle, wo er sie versteckt hatte. Ein liebliches Wasser plätscherte in einem Winkel von der Höhe herab, und brach sich auf tausend hervorragenden Granitklippen. Ein schwacher Sonnenstrahl, der in die heilige Düsternheit durch eine unsichtbare Oefnung hereinfiel, mahlte die fallenden Tropfen, die rund umher labende Erfrischung verbreiteten, mit Regenbogenfarben. Ein dichtes Tamarinthengebüsch beschattete den Eingang der Höhle, und vermehrte die Annehmlichkeit des Orts durch das Gefühl der Sicherheit; kurz, Akoris Gerettete befanden sich wohl, und die Gesellschaft, in der sie sich sahen, erhöhte in ihnen die Empfindung des Wohlseyns.

Lieber, fing Amyrthäus, der jüngste unter der schönen Versammlung an, Lieber, wie kommts doch, daß hier alle, alle sich befinden, die mir theuer sind? Mich dünkt, mein Wille hat die Wahl unters Retters gelenkt, und ich möchte keinen unter euch missen.

Aber ach, antwortete Nekos, ich möchte noch manchen herbei wünschen, der uns fehlt!

O ja! rief Asusis, unsern lieben König!

Und die Königinnen, und ihre holden Töchter, setzte Necktanebus hinzu!

Und die schöne Nitetis, dachte Siuph, ohne sich zu getrauen, diesen Wunsch laut werden zu lassen.

Was es doch seyn muß in mir, fing der kleine Amyrthäus wieder an, das mein Herz so für König Sams unglückliches Haus entflammt?

Und uns so fest unter einander verbindet! sagte ein anderer.

O wir sind Brüder und König Sam ist unser Vater! schrie Siuph, ohne zu wissen, wie sehr er die Wahrheit sagte. Laßt uns, uns unter einander als Brüder umarmen, und feierlich geloben, den König zu retten, wie wir gerettet sind.

Der weite Akoris trat in die Versammlung der Brüder, als sie sich noch umfaßt hielten, als noch die letzten Worte ihres Schwurs verhalten. Er bestätigte ihren Bund mit seinem Segen, und gab ihnen, auf ihre ämsige Nachfrage, Unterricht von dem Ergehen des Königs.

König Sam, sagte er, wird heute seinem besänftigten Ueberwinder vorgestellet werden, er wird sich und den Seinigen Ruhe und einen Schatten von Freiheit erliegen, wenn er seinen Stolz überwinden und erkennen kann, daß ihn die Götter gedemüthigt haben. Seine Tochter wird Königin von Persien seyn, und Sam wird weniger leiden, wenn er zu erwegen weis, daß der Gemahl seiner Tochter ein Sieger ist, auch kann er wieder Kronen tragen, wenn er die Zeit erwartet, und nicht zu früh die Früchte brechen will, die das Schicksal für ihn reifen läßt.

Die Prinzen hatten hiegegen viel einzuwenden; Einer, gegen Sams Demüthigung vor dem Tyrannen; der andere, wider die künftige Königin von Persien, und alle, wider die Verzögerung des wiederkehrenden Glücks. Siuph hätte sich gern nach der schönen Nitetis erkundigt, und der kleine Amyrthäus fragte: warum Akoris nicht auch den gefangenen König und die Königinnen herüber gebracht, warum er sie nicht an einer Statt gerettet hätte. Mich dünkt, setzte er mit halb weinender Stimme hinzu, ich wollte gern wieder, mit dem Strick um den Nacken, dem Tode entgegen geführt werden, wären nur sie ausser Gefahr!

Akoris umarmte den Knaben. Die Stimme der Natur aus seinem Munde entzückte ihn. Mein Kind, sagte er, nur zarter hülfloser Jugend oder dem schwachen gebrechlichen Alter senden die Götter ausserordentliche Hülfe; dem Menschen im vollen Gebrauch seiner Kräfte, gaben sie Klugheit und Tugend; wer diese Stützen gut zu brauchen weis, der wird nicht sinken. Aber bewundert mit mir die Güte des Himmels, auch der Fehlenden nimmt sie sich an! Ich begegnete auf meinem Wege in diese Schatten, einem, dem Tyrannen entflohenen, nicht ganz unschuldigen Todesopfer, es flohe um Hülfe in meine Arme, soll ich sie ihm versagen? Darf ich ein Wesen, das Vorwurf verdient, in den heiligen Kreis der Unschuld führen?

O willkommen, willkommen in unserm Kreise, wen du uns zuführt! schrien die Jünglinge. Wen die Götter retten wollen, den dürfen wir nicht verstoßen.

Akoris entfernte sich auf diese Einwilligung, und kam bald darauf mit einem jungen Mädchen zurück, das von den Prinzen allen mit schüchternem Wohlgefallen, aber von Siuph mit einer Empfindung begrüßt ward, für welche mir der Name fehlt. Es war Nitetis, die schöne Nitetis, die ihrem Horus gegen über stand; er sank ihr zu Füßen, und die Ueberraschung verrieth auf einmal das Geheimniß einer Liebe, die er kaum sich selbst zu gestehen getraute.

Akoris schien nicht über diesen Ausbruch einer Leidenschaft zu zürnen, die rein war, wie, das Feuer des Himmels, und die er zur Prüfung, zur Veredelung der Herzen zu gebrauchen gedachte, in welchen sie wohnte.

Das Räthsel ist gelöst! rief er, indem er die jungen Liebenden in seine Arme schloß. Ich weis jetzt, wie es möglich war, daß das edelste Mädchen Freunde und Vaterland verrathen, und ihnen, durch Unvorsichtigkeit, einen grimmigen Feind über den Hals ziehen konnte; die Liebe, die alles entschuldigende Liebe, veranlaßte diesen Fehler. Nitetis würde sich willig haben aufopfern lassen, hätte hier nicht ein Siuph nähere Rechte auf sie gehabt, als der Perser König. Auch weis ich nun, warum Siuph weit weniger um Sams Schicksal, als um das Schicksal seiner schönen Base sorgte, warum kaum eine Frage für ihn, und tausend für sie auf einen Lippen waren. Nur Liebe, die alles besiegende Liebe, konnte diese unbegreifliche Vergessenheit, diese seltsame Undankbarkeit gegen einen königlichen Wohlthäter veranlassen. Diese Jünglinge, diese Kinder fühlten anders, aber ihre Herzen sind noch frei, sie kennen noch nicht die Macht der Liebe. — —

Akoris sagte diese Worte nicht in dem Tone, in welchem man Verweise zu ertheilen pflegt, aber Siuph und Nitetis fühlten ganz, was in ihnen lag. Die Worte: Verrath des Vaterlandes, und Undankbarkeit gegen einen großmüthigen Wohlthäter, ertönten fürchterlich in ihren Ohren. Sie standen, wie vom Donner gerührt, ihre Augen sanken zur Erde, und Nitetis ließ einige Thränen fallen.

Mit euch, fuhr Akoris fort, mit euch, ihr Geweihten der Liebe, ist nun hier in diesen Gegenden der Unruh, ist auf diesem Schauplatz, wo nur übende Tugend und rauhe Tapferkeit sich zeigen können, nichts anzufangen. Ich werde euch verbinden, und euch auf irgend ein stilles Eyland bringen, euer Turteltaubenleben dort zu führen. Für König Sam wird auch ohne euch wohl Hülfe seyn. Unter meinen eilf übrigen Geretteten, deren einige dem Alter, wo man das Schwerd ergreift, fast so nahe sind als Siuph, werden sich mehrere finden, die Pflicht, die nun allein auf sie fällt, zu erfüllen. Aegypten wird gerettet, der Tyrann bestraft seyn, ohne Siuph und Nitetis.

Nein! schrie die Prinzessin, welche den Ton des weisen Akoris, der immer strafender ward, nicht länger aushalten konnte; nein! nichts vom Stück der Liebe, so lange König Sam Fesseln trägt! Nichts von weichlicher Ruhe, so lange das Vaterland der großen Isis in Gefahr ist! Ich verlobe mich hiermit zu ihrem Schleier! Ich verlasse dich Siuph, und nie will ich dich wiedersehen, als mit dem Blute des Tyrannen bespritzt, mit der ägyptischen Krone in deiner Hand, sie auf dem Haupte des Königes, den ich Unglückliche verrieth, wieder zu befestigen.

Niemand konnte die pathetische Rede der schönen Nitetis ohne Rührung anhören, aber den weisen Akoris wandelte ein Lachen an, wie denn diese Herren immer zu lachen und zu weinen pflegen, wo gemeine Menschen auf der Welt nichts des Lachens oder der Thränen würdiges sehen können. — Die schöne Nitetis, sagte er, hat sehr schlau, und für sich sehr glücklich gewählt. Ihr, der heilige Schleier, der jeden beunruhigenden Wunsch der Liebe dämpft; ihrem Siuph, der schreckliche Kampf mit hoffnungslos fester Leidenschaft. Ihr, die süsse Ruhe im stillen Tempel der Göttin; ihm, Blut und Wunden im Schlachtgefilde. Rühmlicher würde sie freilich gehandelt haben, mit ihm bei Mühseligkeit und Gefahr, zu gleichen Theilen zu gehen, so wie sie einst das höchste Glück der Erde, das Glück der Liebe, mit ihm zu theilen wünscht.

Die beiden Liebenden, besonders Nitetis, fühlten die tiefste Beschämung bei den Worten des Weisen, dem sie, wie es schien, nichts recht machen konnten. Die Prinzessin sowohl, als Siuph, und er sowohl als sie, gelobten ihrem Retter, sich von ihm in allem leiten zu lassen, und keiner seiner Vorschriften den Gehorsam versagen.

Nur eins, sagte Siuph, nur eins wird mir schwer, wird mir fast unerträglich werden: die Trennung, die lange Trennung von der, die ich liebe!

Akoris lachte wieder, als wollte er sagen: Es gebe Leiden für Liebende, die noch bitterer wären, als Trennung; eine Wahrheit, die Siuph und Nitetis bald in ihrem ganzen Umfange sollten kennen lernen.

Meine Kinder, sagte Akoris, indem er sich von ihnen zu der ganzen Versammlung wandte, meine Kinder, die Nacht bricht ein, und giebt euch Sicherheit, den Ort zu verlassen, wo ihr nicht länger bleiben könnet, wenn die Wünsche eurer heldenmüthigen Herzen zur That werden sollen. Ich opferte heute für euch im Tempel des großen Phtha, und erhielt die Antwort: Eurer Keinem sollte es an Möglichkeit fehlen, eurem Wohlthäter wieder empor zu helfen, jeder von euch sollte einst den Vortheil der wiedererlangten ägyptischen Krone genießen. Doch sey es einem von euch beschieden, an der Spitze der andern zu stehen, und die Gottheit werde heute beim Abendopfer, durch ein Zeichen, entscheiden, wem die Fähigkeit hiezu beiwohne. Laßt uns nach dem Heiligthume gehen, in welchem ich heute für euch betete, nach dem Tempel des Feuers, das der übermüthige Tyrann gelöscht zu haben, das er durch die irdische Flamme, die er gestern mit unheiliger Hand auf dem hohen Altar anzündete, ersetzt zu haben meint, davon uns aber die Gottheit noch einen heiligen Funken aufbewahrte, bei dem wir ohne Gewissensverletzung beten und unsere Gelübde ablegen können.

Der weise Akoris ließ seine Mündel Proben auf Proben erfahren, es war keine der kleinsten, daß er ihnen, die dem Tode kaum entgangen waren, zumuthete, ihm wieder nach der Stadt zu folgen, wo ihre Feinde herrschten. Der Tempel Vulkans lag in der Mitte von Memphis. Der persische König, der die Wichtigkeit dieses Gebäudes kannte, hatte es mit dreifacher Wache umzogen, und das Gedränge um denselben, welches jedem Verdächtigen Verrath drohte, war in dem Augenblicke, da sich die kleine Gesellschaft aus dem Palmwalde von Saccara nahte, doppelt groß, weil jedermann der nächste seyn wollte, um zu sehen, wie der persische König, König Sams jüngste Tochter zum Altar führte, sie dort zu seiner Gemahlin zu erklären. Die schöne Sistraspielerin war reizend und tugendhaft genug, um von einem Liebhaber, der jetzt ihr Herr war, diesen Vorzug zu erhalten. König Sam hatte den Rathschlägen des weisen Akoris gefolgt, und seinem Ueberwinder, in der nächsten Unterredung die Ehre, gegeben, die der Stolz dieses Tyrannen forderte, so befand sich der Sieger und der Besiegte vor der Hand in einem ganz leidlichen Verhältniß, man lächelte, weil man es nicht wagen durfte, laut zu weinen, und feierte Hochzeitfeste, weil man dieses bequemer fand, als sich nach dem Blutgerüste schleppen zu lassen.

Als Akoris und seine dreizehn Gefährten in die Stadt kamen, tönte ihnen das Gerücht von dem Feste, das diesem Abend gefeiert wurde, entgegen. Das Getümmel, das diese ausserordentliche Begebenheit nach sich zog, gab der kleinen Schaar eine Sicherheit, auf welche sie nicht gerechnet hatten, und die schöne Nitetis, die bis her am meisten gezittert hatte, fühlte ihr Herz ruhiger schlagen.

Als man dem Tempel näher kam, vermehrte sich die Gefahr. Man fing an eigentlicher auf die Freunden zu sehen, und Nitetis, welcher ihre lebhafte Phantasie überall Schreckbilder vormalte, überall Schreckenstöne zu hören gab, glaubte, ihren Namen nennen zu hören; möglich, daß eine von den Jungfrauen der königlichen Braut, die in doppelten Reihen den Vorhof umzogen, sie erkannt hatte, und unvorsichtig genug gewesen war, sie zu nennen.

Akoris, der für alles Mittel wußte, und dem bekannt war, daß die Gefahr weniger gefährlich ist, wenn wir ihr entgegen gehen, als wenn wir sie fliehen, versahe sich und seine Begleiter mit brennenden Fackeln, und schloß sich dicht an das Brautgefolge an, das die Tochter Pharao zum Altar geleitete.

Die künftige persische Königin war traurig auf dem Gange, den andere mit Lust und Lachen gehen. Thränen tröpfelten aus ihren Augen, und schimmerten auf den Demanten, die ihre Brust bedeckten.

Entspricht, so flüsterte ihr Nitetis zu, die dicht hinter ihr ging, entspricht der persische König, den du dir ehemals so liebenswürdig dachtest, keinem deiner Wünsche?

Ach, wie verschieden, antwortete die Braut, wie verschieden sind die Umstände, unter welchen die Götter unsere Wünsche erfüllen, von unsern Planen! Aber, wer bist du, die diese Frage aus dem geheimsten Winkel meines Herzens stiehlt?

Nitetis, durch die Freundschaft kühn gemacht, enthüllte sich mehr, um König Sams Tochter ihr Gesicht zu zeigen. Die Braut schauerte in sich zusammen, und ein ängstlicher Blick auf ihre Nachtreterin, und die Versammlung rund umher, schien zu sagen: Auch hier Erfüllung meiner Wünsche, aber auf traurige Art. — Nitetis die nächste an meinem Ehrentage solltest du mir wohl seyn, nur nicht so! — o fliehe, fliehe! ich könnte dich nicht retten! —

Das Gespräch der persischen Braut mit einer unbekannten Fackelträgerin, erregte Aufmerksamkeit; es war hohe Zeit, daß Akoris seine jungen Freunde, durch einen verabredeten Wink um sich versammelte, und, während jedermann, dem Brautpaare nach, sich zum Hochaltare des großen Phtha drängte, sie nach einer stillen Halle abführte, da die Priester im Verborgenen noch einen heiligen Funken des reinen Elements aufbewahrten, welches, wie die Sage berichtete, die Gottheit, bei Erbauung dieses Tempels. selbst auf den Altar geschenkt hatte. Eine Flamme, die seit jener Zeit nicht erloschen war, und deren gänzliche Tilgung, so sagten die heiligen Bücher, Memphis den Untergang drohte.

So sichert die Vorsicht, wenn alles rund umher Laster und Verbrechen ist, die Tugend, in irgend einer glücklichen Einöde; so fliehen Religion und wahre Gottesverehrung, von den Stürmen der Ruchlosigkeit bedroht, ins Dunkle, wie hier das Sinnbild dieser Kinder des Himmels, der gerettete Funken des heiligen Feuers im Verborgenen glomm. Der König von Persien feierte seine Feste, er beschwor seine Gelübde bei irdischen selbst angezündeten Flammen; aber im Innern des Heiligthums sangen Akoris und seine Kinder, der Gottheit heilige Hymnen; eine kleine düstere Flamme brannte vor ihnen auf einem ungeschmückten Altar, kaum hell genug, um die Thränen, die in ihren Augen zitterten, sichtbar zu machen. Wohlriechende Kräuter nährten die stille Glut, und hinderten sie zugleich höher aufzuflammen, und sich durch ihren Glanz zu verrathen; dies wäre zu früh gewesen! Erst, wenn Aegypten gerettet, und an dem Tyrannen gerochen war, sollte sie wieder öffentlich auf dem Altare der Gottheit brennen.

Die Hymnen des großen Phtha waren von der kleinen Schaar seiner ächten Verehrer gesungen; noch fehlte das Opfer, welches ihm die Söhne des Königs bringen sollten, es bestand aus einigen Körnern reinen Weihrauchs, und einer Libation von Wein aus Biblus. Nitetis, welche als ein Weib, von diesen heiligsten Gebräuchen zurückbleiben mußte, trat in ihren Schleier gehüllt, auf die Seite. Die Opferschaalen wurden gebracht, die Prinzen theilten sich in dieselben; aber siehe, es fand sich, daß nur für eilf Personen gesorgt war, und gerade den Prinzen Siuph traf das Loos, leer auszugehen.

Seine Brüder sahen ihn mitleidig an Nitetis zitterte über die böse Vorbedeutung, aber Siuph, ohne sich zaghaft oder in seiner Andacht irre machen zu lassen, nahm den ehernen Helm, von seinem Haupte statt der Opferschaale, und brachte das Rauch- und das Trankopfer, wie es die heiligen Gebräuche erforderten. Da ward auf einmal das düstere Feuer auf dem Altare zur hellen Glut, da flammte es aus hell empor, daß es das Gewölbe der Halle erreichte. Ein freudiger Schauer befiel die ganze Versammlung, und Akoris, der bisher mit gefalteten Händen auf der Seite gestanden hatte, trat hervor das Wunder zu deuten.

Dies war, sagte er, indem er Siuph die Hand reichte, dies war das Zeichen, das uns die Gottheit versprach, um den Erwählten kenntlich zu machen, der König Sams Rächer, und der Retter Aegyptens werden soll. O meine Kinder! ihr seyd Brüder, ihr seid allesammt König Sams Söhne! Nicht bloße Dankbarkeit gegen euren königlichen Wohlthäter, nein, die Natur fordert euch auf, alles für ihn zu wagen. Die Gottheit hat das Schwerd in die Hand Siuphs, des ältesten unter euch, gegeben, er wird nach seinem Vater die Krone tragen, ihr alle werdet sie tragen, in der Ordnung, in welcher die Gottheit euch darzu beruft, und ihr es würdig seyd. Die Kühnheit, die Gegenwart des Geistes, mit welcher Siuph das fehlende Opfergefäß ersetzte, und ein böses Zeichen in ein gutes verwandelte, zeigt von dem Muth und der Entschlossenheit, mit welcher ihn die Götter ausrüsteten. Er handelte in diesem Falle, ohne es zu wissen, genau, wie einer seiner Anherrn, der, indem er die Opferschaale, die man ihm heimtückisch vorenthielt, auf die Art ersetzte, wie Siuph sie ersetzt hat, sich die erste Stelle unter zwölf Mitregenten erwarb. *[Dies that Psammitichus. Er war einer von den zu einer Zeit herrschenden Zwölfherrn Aegyptens Ihm begegnete genau, was hier Siuph zugeschrieben wird. Das Orakel versprach ihm durch Hülfe eherner über Meer kommender Männer die Oberherrschaft, und er erhielt sie, indem er fremde Völker in Sold nahm.]*

Während die Söhne Pharaos sich vor dem Altar ihrer Gottheit als Brüder umarmten, nahte Nitetis sich zitternd, und warf sich zu Siuphs Füßen.

Mein Horus! mein König! stammelte sie. Immer immer warst du mir mehr, als du schienest!

Und immer immer, antwortete Siuph, der sie in seine Arme schloß, soll Nitetis mehr in mir finden, als sie denkt! Nitetis liebte mich, da ich nichts war, sie ist würdig Aegyptens Krone mit mir zu theilen.

Ach! rief der weise Akoris, weit, meine Kinder, noch gar weit ist jener Zeitpunkt von euch entfernt! Vernehmet jetzt, welche Proben euch bis dahin bevorstehen, und umarmt euch auf lange Zeit zum letztenmal als Liebende!

Siuph, so will es die Gottheit, Siuph und Nitetis sollen nicht getrennt werden! Dies wäre eine zu leichte Prüfung für zwei Heldenseelen; die gemeinsten Jünglinge und Mädchen wissen sie auszuhalten. Schwerer als Tugend und Treue in solchem Falle Tausenden wird, wird es euch werden, euch täglich zu sehen, ohne die Liebe auflodern zu lassen, die in eurem Innersten glimmt. Nitetis ist bestimmt, in Jünglingstracht nie von ihres Siuph Seite zu kommen, sie soll mit ihm fechten, siegen, und — haben es die Götter verhängt, — mit ihm sterben. Aber von nun an ist sie ihm nichts mehr als ihm seine Brüder sind. Ein Wort, ein Blick, ein Gedanke, welcher den heiligen Zwang verletzt, den ich ihm und ihr von diesem Augenblicke an im Namen der Götter auflege, zerreißt auf ewig das Band der Vereinigung, zu welcher ein günstiges Schicksal sie bestimmte. Bedenkt, o meine Kinder, bedenkt die Zeiten, in welchen wir leben! Nicht eher, bis das heilige Feuer wieder öffentlich in diesem Tempel flammt, nicht eher darf die verborgene Glut heiliger Liebe in euern Herzen ihr Daseyn verrathen. Nährt sie, ohne sie auflodern zu lassen, unterdrückt sie, ohne sie ganz zu ersticken, dies ist die schwere Lection, die euch das Schicksal aufgibt, dies die Strafe für Vergehungen, die ich schon heute an euch gerügt habe, und mit deren Erwähnung ich eure Herzen nicht zum zweitenmale verwunden will.

Die Liebenden, entzückt, nur nicht getrennt zu werden, entzückt in der Aussicht, sich täglich nahe zu seyn, fanden die Buße, die man ihnen auflegte, sehr leicht; ob sie es ihnen immer bleiben konnte, das muß die Folge lehren.

Nitetis war in den Waffen, die sie gleich des andern Tags anlegen mußte, noch tausendmal schöner als in dem Mädchenschleier. Siuph durfte es ihr nicht sagen, auch das ward schon als Uebertretung des Gesetzes angenommen, dessen Strenge, wie es schien, ein Hauch beleidigen konnte.

Denkst du noch, sagte Nitetis einsmals zu dem, den sie nun Bruder nennen mußte, denkst du noch unserer zweiten Zusammenkunft in dem Tempel der Isis zu Bubatus? denkst du der schrecklichen Gesichte, die unser unschuldiges Gespräch unterbrachen, und uns fliehen machten? Mich dünkte, das ganze innere Heiligthum, stehe im Feuer, Gestalten gingen daraus hervor, unter welchen ich König San und die Königinnen ganz deutlich unterscheiden konnte; sie trugen Fesseln, wie sie sie vor dem Thron des Tyrannen tragen mußten, ach, das deutete uns, was wir nun erfahren haben!

Auch zwei Liebende, antwortete der Prinz, zwei Liebende sah ich unter jenen Schattengestalten, die dich und mich so sehr schreckten, welche noch härtere Fesseln trugen, als die, welche du König Sam tragen sahst, es waren die Fesseln eines abergläubischen Zwanges, der ihnen auch sogar die schuldlose Lust raubte, sich zu sagen, daß sie sich liebten.

Akoris, welcher überall war, wo man ihn nicht zu sehen wünschte, trat in diesem Augenblicke hervor, und störte ein Gespräch, das nach einem strengen Urtheile schon zu weit gegangen war; der Prinz und die Prinzessin mußten sich einer Menge von Bußen unterwerfen, welche sie inskünftige behutsamer machten.

Die Prinzen und ihr weiser Freund waren genöthigt, sich länger zu Memphis aufzuhalten, als es der Plan des letztern mit sich brachte. Das Schicksal, sagte er oft zu den Brüdern, das Schicksal will, daß König Sams Kinder getrennt werden, daß ein jeder von ihnen einen eigenen Weg suche, auf welchem er seinen großen unglücklichen Vater nützlich werden kann; o daß nur erst die tausendäugige Wachsamkeit des Persers, die rund um unsern Tempel lauert, durch die Zeit in den Schlummer gewiegt wär', und ich nicht mehr gehindert würde, euch eurer Bestimmung entgegen zu führen!

Der Tempel des Feuers hatte einen Nachbar an dem großen Apistempel; die Priester lebten freundschaftlich unter einander, und wußten Mittel, den persischen Wachen zum Trotz, eine Art von Gemeinschaft zu unterhalten, diese war das einzige, was dem weisen Akoris Hoffnung zur Erfüllung seines Wunsches gab.

Kurz, vor dem Einfalle der Perser hatte sich etwas zugetragen, welches, laut heiliger Sagen, allemal das Land mit großem Unglück bedrohte. Der heilige Stier, dessen Lebenszeit, wie euch bekannt seyn wird, sich nie höher, als auf den vierten Theil eines Jahrhunderts erstrecken durfte, hatte dasselbe bereits um mehrere Monate überschritten, und man fahe sich genöthigt, die hierüber vorhandenen Gesetze zu beleidigen, oder dem Gotte anzukündigen, es sey Zeit einem Nachfolger Platz zu machen. Ungemein schwer ging man an das letzte, der diesmalige Apis war von sanfter guter Gemütsart, seine Diener, die Priester, hatten sich dermaßen an ihn gewöhnt, man wußte so wenig, was man sich zu einem neuen zu versehen hatte, man scheute so sehr die Unordnungen der Zwischenzeit, bis er gefunden war, so sehr die lange oder kurze Trauer in derselben, daß der zum Tode verurtheilte den Ende eines sechs und zwanzigsten Jahres mit starken Schritten entgegen eilte, ohne, daß man den heiligen Brunnen, in welchem ein Apis, der sich in diesem Falle befand, ersäuft werden mußte, noch geöfnet hatte. Das Gerücht von dem ersten Einfalle der Perser entschied sein Schicksal. Man rechnete dieses Unglück auf Uebertretung der alten Gesetze. Man kündigte dem guten Geschöpf mit geziemender Ehrfurcht sein Todesurtheil an, und ward durch die anständige Art, mit welcher es sich dabei benahm, zu neuer Trauer bewegt, doch alle Thränen waren umsonst, und er mußte in der Tiefe des schwarzen Brunnens eine schönen Tage beschließen. Seine Gebeine wurden darauf gewöhnlichermaßen zubereitet, und die Ceremonien, die mit diesem mühsamen Geschäfte verbunden waren, hatten eben zu der Zeit ihr Ende erreicht, als der weise Akoris sich mit seinen Pfleglingen im Tempel des Feuers aufhielt.

Der König der Perser, ob er gleich das heilige Feuer ausgelöscht, und ein anderes angezündet hatte, ob er gleich aus Mistrauen gegen die Priester, alle Tempel doppelt bewachen ließ, wollte doch nicht ganz für einen Ruchlosen, für einen Störer aller gottesdienstlichen Handlungen gehalten seyn, er ließ sich es daher gefallen, als ihm gemeldet wurde, es erfordere die Nothwendigkeit die geweihten Ueberbleibsel des letzten Apis nach der Insel Prosopitis zu bringen, wo alle heilige Stiergebeine begraben wurden.

Mit dieser Gelegenheit war es, daß die Priester des Apis, die mit den Priestern des Feuers darüber Verabredung genommen hatten, sich vermaßen, König Sams Kinder davon zu bringen. Das Schiff, welches die Gebeine des Apis überführen mußte, war nicht das Einzige, welches man auszurüsten hatte, der Wohlstand erforderte es, ihm eine ansehnliche Begleitung zu geben. In einem, dem Tempel eigenen befreiten Platze, war der Begräbnißort aller Stiere von ganz Memphis, man nannte ihn nur die gehörnte Aue, weil die Leichname in derselben so verscharret daß die Hörner der Begrabenen über die Erde hervorragten. Alles, was von dem Thiergeschlecht, zu welchem der Apis sich rechnete, hier moderte, wurde am Tage seiner Beerdigung ausgescharrt, und in besondern Trauernachen, seinem Schiffe nach, auf die Begräbnißinsel übergeführt; ein feierlicher Zug, diesmal doppelt feierlich, da zwölf Königssöhne ihn durch ihre Gegenwart verherrlichen sollten.

Der König von Persien wußte von diesem Theile der Leichenbegleitung nichts, noch vielweniger ahndete er, daß bei derselben ihm etwas entführt werden könnte, das er auf seiner Burg gar wohl verwahrt glaubte.

Die schöne Nitetis, so schlau, obgleich nicht so klug, als schön, hatte Mittel gefunden, bei nächtlicher Weile, ihrer Jugendgespielin, der jungen Königin von Persien, einige Besuche zu geben. König Sams Tochter war nicht glücklich mit dem Ueberwinder ihres Hauses, seine Härte gegen ihren Vater, seine wenige Liebe gegen sie, seine in Memphis verübten Grausamkeiten, und vor allen, die Ruchlosigkeit, mit welcher er, er mochte sich stellen, wie er wollte, des ägyptischen Götterdienstes, des Augapfels seiner frommen Gemahlin, spottete, hatten das Herz der jungen Dame von ihrem Gemahl losgerissen. Nitetis fand es leicht, ihre Treue gegen ein Ehegelübde, das sie bereute, durch den Einwurf wankend zu machen, daß sie dasselbe nicht vor der Glut des wahren heiligen Feuers, sondern vor irdischen Flammen, abgelegt habe. Zur Flucht war die schöne Zora noch leichter beredet, da dieselbe in der alles heiligenden Gesellschaft des todten Apis geschehen konnte, und, da König Sam, der mit in das Geheimniß gezogen ward, und der gern selbst mit dieser Gelegenheit geflohen wäre, seine Einwilligung gab.

Alles dieses waren Dinge, die ohne den Rath des weisen Akoris vorgenommen wurden, und die denn auch so glückten, wie alle Anschläge, bei welchen der Rath der Klugheit mangelt.

Die Stunde der Abfahrt war nahe. Die Prinzen waren bereits alle eingeschifft, nur Nitetis wartete noch am Ufer, und sahe der Königin von Persien entgegen, welche, ach, zwar glücklich entkommen war, aber unterweges durch einen Zufall festgehalten wurde, der den ganzen Plan vernichtete, und sie, und die Ihrigen in unabsehliches Elend stürzte.

Nitetis hatte ihrer Freundin den Weg über die gehörnte Aue, als den sichersten und kürzesten angewiesen, glücklich legte die fliehende Königin die erste Hälfte desselben zurück, aber die andere war für sie desto unglücklicher. In einem Winkel hatte man einen von den Brüdern des Apis, dessen Gebeine auch der Ruhe auf der Insel Proopitis entgegen harreten, auszuscharren vergessen; seine Hörner ragten aus dem Staube hervor, und schienen der segelfertigen Begräbnißflotte bittend zu winken; man sahe, man verstand das gegebene Zeichen nicht, da rächte sich der Vergessene an der fliehenden Königin von Persien, die mit leichtem Fuß über seine Begräbnißstelle hinstrich, er faßte ihr weites Gewand, und hielt sie fest; sie glaubte sich von Geistergewalt ergriffen, sie fiel, und konnte sich nicht wieder aufhelfen, sie schrie, aber die Stelle war zu weit vom Ufer, als daß man ihre Stimme hören konnte.

Nitetis harrete indessen ihrer unglücklichen Freundin vergebens entgegen, der Nachen, auf welchen sie gehörte, war noch der einzige, welcher in dem großen Leichengefolge fehlte. Siuph, der, wie man denken kann, nichts von seiner Nitetis verwegenem Entführungsplane wußte, ward endlich ihres Zögerns am Ufer müde, er zog sie mit Gewalt in das Fahrzeug, welches sogleich vom Lande stieß, und die arme Königin blieb halb todt, vor Furcht und banger Erwartung, auf der Stelle liegen, wo man sie am Morgen fand, und einem Schicksale entgegen führte, das vielleicht nicht ganz unverdient für sie war, und von welchem ich in der Folge noch etwas erwähnen werde. Jetzt von diesen Dingen nur so viel, daß die Sage berichtet, der König von Persien sey von der Art, wie eine fliehende Gemahlin fest gehalten worden war, so bezaubert gewesen, daß er eine zeitlang eine besondere Andacht zu dem heiligen Stiere beibehalten, und den Hauptschmuck jenes guten Geschöpfs, welches seiner treulosen Gemahlin die Flucht vereitelte, zeitlebens auf seinem Helme getragen habe.

Nitetis weinte die ganze Reise über, und kein Zureden ihres Siuphs vermochte sie zu trösten. Zu ihrem Kummer über die fehlgeschlagene Flucht ihrer Freundin, gesellte sich noch ein heimliches Gefühl, sie habe bei Veranlassung derselben, wenigstens unklug, wo nicht gar unwürdig gehandelt. Wäre der verwegene Schritt gelungen, so würden wahrscheinlich ihre Gedanken diese Wendung nicht genommen haben; wir sind nun einmal so geartet, daß uns erst dann die Augen über zweifelhafte Handlungen aufgehen, wenn wir sehen, daß sie vom Glück gemißbilliget werden.

Siuphs bekümmerter Geliebten stand am Ziel ihrer Reise noch ein strengeres Gericht bevor, als das, welches sie, während derselben, über sich selbst gehalten hatte. Die Gebeine des Apis und seiner Blutsverwandten wurden mit gewöhnlichem Pomp zur Erde bestattet; Nitetis weinte unaufhörlich, und, da man diese Thränen auf die Rechnung des heiligen Stiers schrieb, so ward alle Welt ganz ungemein von ihrer Frömmigkeit und Andacht erbaut.

Der weise Akoris, welcher tiefer sah, nahm die schöne Trauernde, nach geendigter Ceremonie, als sich die andern in den Hallen des Apistempels, der auf dieser Insel war, zur Todtenmahlzeit niedergesetzt hatten, besonders, und redete sie folgendermaßen an:

Nitetis! wo soll ich anfangen, dir Vorwürfe zu machen, und wo aufhören? — Doch nein, alle Vorwürfe mir, der ich dich in eine Gesellschaft brachte, über welche deine Thorheiten und Unvorsichtigkeiten unablässige Gefahren herbeirufen werden. Wie konnte ich hoffen, daß die, welche schon einmal — (sey es auch, auf eine Art gereizt, die Entschuldigung herbei führte) — Freunde und Vaterland verrieth, wie konnte ich hoffen, daß sie aufhören würde fehlerhaft zu handeln! — Nitetis! Nitetis! — du verleitetest deine Freundin zur Treubrüchigkeit gegen ihren Mann, zur Flucht von dem Perserkönig! — Laß ihn einen Tyrannen seyn, er ist ihr Gemahl, ihn zu verlassen, war Schande und Verbrechen für sie! —

Was würde aus uns geworden seyn, wäre dein Anschlag geglückt? — Man hätte der Entflohenen nachgespürt, und dein und unser aller Leben wär verloren. — Was ist aus deiner unglücklichen Freundin geworden, da der Streich misslungen ist? — Sie schmachtet in harten Banden, dem Tode entgegen! — Zu großmüthig, dich und uns zu verrathen, hat sie doch dem Tyrannen den Antheil, den ihr Vater an eurem thörigten Plane nahm, nicht abläugnen dürfen, und König Sam ist jetzt unglücklicher, als jemals; du kannst denken, was hinterlistige, und noch mehr, was ohnmächtige Versuche gegen seinen Ueberwinder, für ein Licht über seinen Charakter verbreiten, und welche grausame Begegnung sie ihm zuziehen müssen. Unglückliche! unglückliche Nitetis! scheints doch, du bist darzu geboren, Gram und Elend über diejenigen zu bringen, die dir die Liebsten sind. Was soll ich nun mit dir beginnen? Sprich selbst dein Urtheil! Die Bewegung, in der ich dich sehe, läßt mich erwarten, daß du es nicht zu gelind fällen wirst.

Nitetis wand sich zu den Füßen des strengen Predigers, die schien in Thränen zu zerfließen. Tödte, tödte mich! Schluchzte sie, oder nein! dies würde zu wenig seyn: trenne mich vom Siuph! ich bin seines Umgangs, seines Anblicks unwürdig!

Nein, schrie Akoris! auch dieses wäre noch für dein Verbrechen zu wenig, du sollst in seiner Nähe seyn und bleiben, aber ihm unwissend, von ihm unerkannt! Leicht wird dieses möglich seyn: wisse, jede Vergehung raubt unserer Seele einen oder mehrere Züge ihrer eigenthümlichen Bildung, würde diese Verunstaltung an unserm Körper sichtbar, unsere Freunde würden uns oft im nächsten Augenblicke, nach einem Fehltritte, nicht mehr kennen. Die Gottheit, welche alles vermag, und die besonders auf dich erzürnt ist, weil die Thränen, die deinem Verbrechen flossen, vom großen Haufen für ihr geweihte Andachtsthränen gehalten wurden; — die Gottheit macht würklich, was sonst nie, oder erst spät geschieht. Das Verbrechen, das deine Seele entstellte, raubt auch deinem Körper seine Schönheit. Du bist nicht Nitetis mehr, kehre ruhig zurück in die Gesellschaft der Prinzen, Siuph wird dich nicht mehr kennen, der kleine Amyrthäus wird nicht mehr auf deinen Knieen spielen, auch mir bist du fremd von nun an. Alles, womit du dich sonst einem Bekannten liebenswürdig machtet, gehört nicht mehr auf deine Rechnung, du mußt eine neue anfangen, wenn du wieder gewinnen willst, was du verloren hast, wenn du wieder Nitetis zu seyn begehrest.

Nitetis sollte in dem Augenblicke, da sie ihr schreckliches Urtheil erhielt, auch einen Beweis von der wirklichen Vollziehung desselben erhalten. Siuph, der seinen Freund schon zu lange an seiner Seite vermißt hatte, kam, ihn aufzusuchen, er sah ihn, wie er meinte, mit einem Unbekannten reden, und fragte ihn, in einer Sprache, die nur er, Akoris und Nitetis verstanden, wer dieser junge Fremdling sey? Nitetis brach in einen Strom von Thränen aus, sie sah, daß die Worte des weisen Akoris durch den Erfolg nur allzu wahr gemacht wurden.

Dieser Jüngling, antwortete Akoris, in der nemlichen Sprache, leidet, wie er mir eben bekannt hat, von der Reue über ein unverzeihliches Vergehen, und sucht Zuflucht bei mir.

Gewähre ihm Rath und Trost, versetzte der sanfte Siuph, wie du einst mir und Nitetis gewährtest, als wir gefehlt hatten.

Wo ist Nitetis? fragte Akoris.

O, daß ich dir meine Muthmaßungen entdecken muß!

Welche?

Bemerktest du ihr Verweilen, ehe wir überfuhren? Sahst du ihre Thränen bei der Ueberfahrt, und ihre Verzweiflung, als wir hier anlangten?

Ich sah sie wohl, aber was können sie bedeuten?

Ach! Nitetis fühlt die Unmöglichkeit, länger ohne geäußerte Liebe an meiner Seite zu leben, so stark als ich; sie sieht die Nothwendigkeit, sich von mir zu trennen, wenn sie deinem Befehle treu bleiben will; dies ist, was ich von ihren Thränen, von ihrer Verzweiflung urtheilte! Noch mehr, sie hat sich wirklich von mir getrennt, denn nirgends finde ich sie, und man hat einen einsamen Nachen von der Insel absegeln gesehen.

Möglich! Aber, was sind deine Gedanken dabei?

Ach, danken sollte ich billig den Göttern, daß sie eine Versuchung von meiner Seite nehmen, welcher ich nicht gewachsen war; aber kann ich danken, daß ich Nitetis verloren habe? —

Nun, so danke den Göttern, die dir den Weg deiner Pflicht erleichtern wollten, und bedaure die, welche durch Fehltritte sich härtere Prüfungen bereitete. Um Nitetis traure übrigens nicht, ist sie deiner würdig, so wirst du sie wiederfinden.

Nichts gleicht den Empfindungen der uns glücklichen Prinzessin, die dieses Gespräch mit anhören mußte. Siuph konnte nicht glauben, daß es von ihr verstanden würde, er schrieb alle Thränen, die sie während desselben vergoß, auf die Rechnung ihres eigenen verborgenen Kummers. Er sagte ihr, oder vielmehr dem Fremden, für den er sie hielt, einige tröstende Worte, aber sie waren kalt, wie sie gegen einen Unbekannten zu sein pflegen, der uns nicht sonderlich interessiert. Nitetis hatte in der That in ihrer Verwandlung wenig interessantes für das Auge gewonnen, und der Kummer machte sie zu stumm, zu sehr in sich selbst verschlossen, als daß sie auf andere Art hätte einnehmen können.

Akoris erklärte, als er in die Versammlung zurückkam, er wolle diesen Unbekannten, — auf Nitetis deutend — in die Rachgesellschaft des König Sams aufnehmen, und da Nitetis mit einigen Worten bezeugte, sie fühle für diesen glücklichen Prinzen, wie die andern alle, so war niemand, der etwas dagegen einwendete, obgleich auch niemand über den Gewinn, den man an einer so unbedeutenden Person gemacht hatte, sonderlich zu frohlocken schien.

Man verweilte einen Tag oder zweie auf der Insel Prosopitis. Akoris fragte für die Söhne König Sams das Orakel des heiligen Stiers, und erhielt eine Antwort, welche die unglückliche Nitetis mit froher Hoffnung erfüllte. Sie fühlte die Strafe ihres Verbrechens ganz; sie hatte in der kurzen Dauer desselben schon bei tausend Gelegenheiten erfahren, wie peinlich es sei, wenn man an Bewunderung gewöhnt ist, mit Gleichgültigkeit übersehen zu werden, und verkannt unter Freunden zu leben. Ihr Herz brannte von heißer Liebe zu Siuph, sie war ihm fremde. Die Prinzen, sonst mit brüderlicher Neigung, an sie gefesselt, kannten sie eben so wenig; Akoris, der sie kannte, hütete sich wohl, den geringsten Schein davon blicken zu lassen, und der kleine Amyrthäus, ihr Liebling, ihr Spielgefährte, floh weinend von ihr, wenn sie ihn lockte, weil er in dem Gesicht des Unbekannten, den sie vorstellte, etwas fand, das ihm widrig war, das ihm Schrecken machte.

Damals war es, daß das Orakel den Ausspruch that, die Gesellschaft müsse sich trennen, wenn sie ihre Absichten erreichen sollte, keiner von König Sams Söhnen dürfe bei dem andern bleiben, wenn er Hoffnung haben wolle, seinem großen Vater dereinst den Weg zum Throne wieder zu bahnen. Nitetis bauete auf diesen Ausspruch die Hoffnung, von Siuph getrennt zu werden; so an seiner Seite zu leben, war Tod für sie. Sie grämte sich, ihm unkenntlich geworden zu seyn, sie zürnte zuweilen mit ihm, daß er auch nicht einen Zug von ihr entdeckte, der ihm die Verwandschaft ihres Herzens mit dem seinigen verrieth, und den meisten Unwillen fühlte sie darüber, daß er die vermeinte Abwesenheit seiner Nitetis so wenig empfand, daß er oft gegen Akoris sein Glück rühmte, in dieser gefährlichen Göttin seines Herzens, ein mächtiges Hinderniß auf dem Wege einer Pflicht verloren zu haben! — Wie groß, wie tugendhaft zeigte sich Siuph in dieser Aeusserung! aber, wer so liebt, wie Nitetis, will auch selbst die Tugend nicht gern zur Nebenbuhlerin haben.

Der Tag kam, an welchem sich König Sams Kinder trennen sollten. Zwölf kleine Nachen lagen zu ihrer Abfahrt bereit. Dem Symbol des blinden Zufalls, dem Winde, sollte es überlassen werden, welchen Weg ein jeder der Brüder finden würde. Niemand schien bei dieser Verfügung schlimmer versorgt zu sein, als der kleine Amyrthäus, ein Knabe, der noch nicht das siebende Jahr völlig zurückgelegt hatte, und den das Loos auch nicht einen einzigen Begleiter zu theilte.

Nitetis zitterte, als ihr Name gezogen wurde, zu Siuphs Reisegefährtin gemacht zu werden, und wie sie fürchtete, so geschahe es. Umsonst hatte sie gehofft, durch Trennung von dem Prinzen, ihre Prüfung erleichtert zu sehen, es schien, sie sollte ganz ausdulden, was ihr Schicksal, oder vielmehr, was ihr Vergehen ihr bereitet hatte.

Sie warf sich Siuph zu Füßen. Prinz, sagte sie, meine Dienste können euch wenig nützen, überlaßt mich eurem jüngsten Bruder; meine Arme werden wenigstens tauglich sein, sein Schiff zu steuern, und sein Leben zu sichern.

Er hat recht, antwortete Siuph, indem er sich zu Akoris wandte, ich kann ihn entbehren; streitbare Begleiter muß ich haben; er taugt, wie mir es scheint, weder zu Schild noch zu Schwerd; zum Pfleger eines Kindes möchte er vielleicht taugen. Ein schwaches weinerliches Geschöpf, an dem ein Weib verdorben ist!

So viel wahres in den Worten seyn mochte, mit welchen Siuph den Charakter des verstellten Mädchens bezeichnete, so kränkend waren sie für die, welcher sie galten, und o die Kälte, die erstarrende Kälte, mit welcher sie gesprochen wurden!!

Nitetis, welche sonst eine große Anhängerin des Glaubens an unerklärliche Sympathie, an verborgenes Einverständniß verschwisterter Seelen gewesen war, gelobte, in diesem Augenblicke bei sich selbst, ihnen gänzlich zu entsagen; zu deutliche Proben meinte sie zu haben, was von diesem fröhlichen Wahne gutmüthiger Schwärmer zu halten sey.

Akoris erklärte, an dem Willen der Götter, der sich durch das geworfene Loos geoffenbaret hätte, lasse sich nichts meistern, und alles müsse bleiben, wie sie es gefügt hätten. So mußte Nitetis sich gefallen lassen, an den Ort ihrer Büßung gebannt zu bleiben sie trat in Siuphs Gefolge zurück, um ihre Thränen zu verbergen, die sie nicht verschönerten, und die, wie es schien, sie ihrem Geliebten doppelt misfällig machten, auch entschloß sie sich die Waffen führen zu lernen, welche sie trug, und von deren Gebrauch sie bisher Siuphs zärtliche Sorgfalt für sie abgehalten hatte; jetzt war sie sicher vor jeder ängstlichen Schonung; man sahe, daß ihre Arme schwach waren, aber niemand hinderte sie, sie durch Uebung stärker zu machen, und sich auf Thaten zu befleißigen, ob sie vielleicht auf diese Art etwas bei dem Prinzen gewinnen, ob sie vielleicht, indem sie durch Arbeit ihren Gram tödtete, ihr Loos erträglicher machen könnte.

Die Abfahrt war, auf folgende Nacht bestimmt; man mußte eilen, denn es kamen Gerüchte aus Memphis, als ob der König der Perser, indem er der Flucht seiner Gemahlin weiter nachgespürt habe, auf wahrscheinliche Muthmaßungen gerathen sey, die der Begräbnißflotte des Apis Gefahr drohten.

Akoris warf einen Blick auf Nitetis, in welchem sie deutlich den Vorwurf las: Auch dieses haben wir der Verführungsgeschichte der schönen Zora zu danken. Die unglückliche Nitetis wie viel häufte sich zusammen, ihr trauriges Loos ihr zu erschweren.

Als der Mond aufging, rüstete man sich zur Abreise. Man umarmte sich von allen Seiten, und stieg in die Nachen. Akoris kehrte mit den Priestern des Apis nach Memphis zurück, sicher für sich und sie keine Gefahr zu fürchten zu haben. Nitetis folgte Siuph, die andern Prinzen hatten andere Begleiter, und der kleine Amyrthäus, dessen Schicksal jedermann beklagte, ward allein in seinen Nachen gesetzt.

Eine Zeitlang gleiteten die Fahrzeuge langsam neben einander zwischen dem Schilf des Sees hin; die getheilte Fahrt war noch gar keine Trennung zu nennen. Man unterredete sich zusammen, man rief sich, war man zu entfernt, wenigstens zu; die nächsten reichten sich die Hände, bis endlich ein Sturmwind kam, und die kleine Flotte so gänzlich auseinander trieb, daß auch nicht zwei der abentheuerlichen Schiffer beisammen blieben.

Nitetis hatte ihr Herz bei dem hülflosen Knaben zurück gelassen, den sie so gern begleitet hätte, und da ich glaube, auch die Leserinnen dieser Blätter werden, nach milder Frauenweise, etwas für dieses Kind fühlen und um sein Schicksal besorgt sein, so erlauben sie mir, ihm vor allen seinen Brüdern zu folgen, und ihn an dem Orte seiner Bestimmung anlangen zu sehen.

Lassen wir Pharaos streitbare Söhne einen nach Aethiopien, den andern nach den entfernten Inseln verschlagen werden, den einen in den Tempeln der Götter Weisheit zu künftigen Thaten, den andern in weit entfernten Ländern Macht oder Schätze zu Ausführung derselben sammeln, die Bestimmung des kleinen Amyrthäus war nicht so glänzend, seine Reise nicht so weit. Wir werden ihn bald an einem Orte landen sehen, wo auch ihn das Schicksal zu brauchen wissen wird.

Er schlief, als der erste Windstoß ihn von seinen Brüdern trennte. Das ferne Gemurmel des Gesprächs, das die Schiffenden unter sich führten, der Ton der Lieder, mit welchen einige von ihnen den Gedanken an die herannahende Trennung vertrieben, nebst dem leisen Plätschern der Wellen, hatten den sorglosen Knaben in Schlummer gewiegt. Selige Kindheit! Land der Ruhe, wo verschmerzt man alles Widrige leichter, als in deinem Schoos! Amyrthäus hatte schon Leiden gesehen, die mancher Erdbewohner nie kennen lernt. Er war schon einmal dem Tode nahe gewesen, und sah ihm hier, Wind und Wellen Preis gegeben, zum zweitenmal entgegen; dies kümmerte ihn nicht; er schlummerte ein, wo ein Erwachsener verzweifelnd die Hände gerungen haben würde; und die Unsicherheit seiner Fahrt ward durch die kindische Sorglosigkeit, mit welcher er sich derselben überließ, wenigstens nicht vermehrt.

Eine heftige Bewegung seines Schiffs, das eben aus einer kleinen Bucht zwischen den Inseln in das hohe Meer getrieben wurde, erweckte ihn, aber noch hörte er den entfernten Gesang seiner Brüder, er fühlte sich mit Blumen bedeckt, die sie ihm im Scheiden zugeworfen hatten; über ihm blinkte der Mond, ein sanfter Wind schwellte das kleine Seegel seines Fahrzeugs, dies machte eine Reihe von Ideen in ihm rege, die für ihm von unbeschreiblicher Anmuth waren, Ideen, deren er sich noch auf dem Throne, noch im späten Alter, mit wehmüthiger Sehnsucht erinnerte, und die ihn jetzt, mitten im Rachen der Gefahr, in einen Schlummer zurückschmeichelten, der von den süßesten Träumen verschönert wurde.

Es war heller Tag, als er sich vollkommen ermunterte. Sein Nachen schwamm sanft auf der stillen Fluth, die der Strahl des Morgens vergüldete. Er schaute umher und sah sich ganz einsam. Er schlug in die Hände, er rufte seine Brüder; umsonst! keine Antwort, als das Echo von einer Felseninsel, bei welcher er eben vorüberfuhr. Sein sanftes Gesicht verzog sich doch ein wenig zum Weinen, er war an die Gesellschaft der Jünglinge gewöhnt, die er nun vermißte. Doch der weise Akoris hatte ihn auf das vorbereitet, was ihm nun begegnete, auch war der im memlichen Augenblicke einer Menge kleiner bunter Fische gewahr, die um ein Fahrzeug spielten; er fütterte sie mit dem, was man ihm zu seinem Unterhalte mit auf die Reise gegeben hatte, unbesorgt, wovon es vielleicht selbst morgen leben werde; und diese Beschäftigung verscheuchte jeden traurigen Gedanken, selbst den Entschluß, den er anfangs gefaßt hatte, auf der ersten Insel, bei welcher er vorüber kommen würde, ans Land zu springen. — Er ließ, mit seinen kleinen Kostgängern beschäftiget, eine nach der andern vorüber gleiten, bis endlich keine mehr kam, und er nichts als Himmel und Wasser um sich sahe.

Es war Mittag. Die Sonne brannte heftig. Die Zeit ward ihm lang. Er sehnte sich, die lange Fahrt, wie sie ihm dünkte, geendet zu sehen. Doch am fernen Horizonte zeigte sich ein dunkelblauer Streif, er glaubte bald Gebirge unterscheiden zu können, und der Gedanke, hier in der nächsten Stunde zu landen, war ihm Gewißheit. Er wußte noch nicht, wie lange oft der

Seemann seine Hofnung vor sich sehen muß, ehe er sie erreicht. Er würde sich, als er dieses von Stunde zu Stunde immer besser erfuhr, vielleicht zehnmal in die Fluthen geworfen haben, in dem Wahne, durch Schwimmen zu beschleunigen, was er durch Wind und Wellen zu sehr verzögert glaubte, wären nicht immer neue Gegenstände vorhanden gewesen, seine Aufmerksamkeit auf etwas anders zu lenken, bald ein neuer Zug silberner Fische, bald die bunten Meervögel, die sein Fahrzeug umschwebten, bald der leuchtende Pfad, den es in die Wellen zog, bald das rasche Jagen der Wolken auf der grünen spiegelglatten See, oder die tausend goldenen Sterne, mit welchen sie die untergehende Sonne betreute. Wohl dem, dem ein guter Genius so die lange Lebensreise, in frohen unschuldsvollen Phantasien, hinwegtäuscht, wie diesem Kinde geschahe! Wohl dem, der da, wo er nicht handeln kann, jeden raschen Entschluß unterdrücken, sich ruhig leiten läßt, wie Amyrthäus geleitet wurde! Er kann den sichern Port nicht verfehlen!

Der Abend war wirklich herangekommen, und die Fahrt, welche dem kleinen Schiffer eine Ewigkeit dünkte, hatte noch kein Ende, doch sah er das Ziel einer Reise jetzt näher. Eine hochthürmichte Königsstadt mit einem prächtigen Hafen zeigte sich ihm statt des dunkelblauen Streifs und der neblichten Berge, er würde geglaubt haben, seine Hoffnung schon mit der Hand erreichen zu können, hätte ihn die Erfahrung eines ganzen Tages nicht klüger gemacht.

Die Stadt, welche König Sams jüngster Sohn vor sich sahe, war das prächtige Taposiris, das sich damals noch in den Fluthen des Sees Mareotis spiegelte. Die alles ändernde Zeit hat seitdem diesen See ausgetrocknet; ihr findet die Ruinen der mächtigen Seestadt mitten im Lande, und keine Spur ist mehr vorhanden, daß hier einst zahllose Schiffe den Reichthum entfernter Länder zusammenhäuften, oder von da in andere Gegenden führten.

Taposiris prangte unter andern prächtigen Gebäuden auch mit einem Tempel des vergötterten Stiers, der mit dem zu Memphis um den Vorzug tritt, auch waren die Priester und die Gottheiten des Tempels Nebenbuhler, und der taposirische Onuphis *[Ein anderer Name des heil. Stiers.]*, ob er gleich nichts als Representant des memphitischen Apis war, erkühnte sich nicht selten, vor diesem den Vorzug zu fordern. Seine Priester dachten freier und aufgeklärter als die zu Memphis, und das Orakel des Tempels gab bessere und entscheidendere Antworten, als jenes. Die Nachbarschaft des Meers und der Umgang mit fremden Nationen war es, was dem Dienste, den man der gehörnten Gottheit leistete, mehr Gefälliges, ihren Priestern mehr Schlauigkeit, und ihren Aussprüchen mehr Celebrität gab. Sie ertheilte sie, wie jene zu Memphis, auf mehrere Art, doch die beliebteste war immer die, von welcher ich euch jetzt einen Begrif zu machen versuchen will.

Im Vorhof des Heiligthums wurden eine Menge der schönsten Kinder unterhalten, durch deren Mund die Gottheit sprach; man nahm an, daß diese liebenswürdigen unschuldigen Geschöpfe besondere Lieblinge der höheren Mächte, sich unablässig in einem Zustande der Begeisterung befänden, welcher jedes Wort, das ihnen von ohngefähr, beim Spiel, oder bei den Unterredungen, die auch die Weitesten gern mit ihnen anknüpfen, entfiel, zum Vehickel hoher Geheimnisse machte.

Keines dieser Kinder ward jemals Jüngling oder Mann, nach dem Vorgeben der Priester nahmen sie die Götter, so bald sie sich den letzten Gränzen der Jahre der Unschuld und Unwissenheit näherten, zu sich in die himmlischen Regionen, welches wir glauben mit gutem Gewissen bejahen zu können.

Die Verwahrer der ägyptischen Geheimnisse thaten freilich wohl das ihrige, die unschuldigen Geschöpfe, welche oft ihren ränkevollen Anschlägen zu Werkzeugen dienen mußten, in die Welt des ewigen Schweigens zu befördern, sobald ihr Alter, oder ihr frühreifer Verstand Entdeckungen besorgen ließ, die dem Ansehen des Tempels und der Untrüglichkeit einer Gottheit hätten nachtheilig werden können.

Desto ungestrafter hierinne handeln zu können, ließen Priester die Kinder des Apis und Onuphis nie einen andern Vater kennen als den heiligen Stier. Nur älterlose Waisen, Knaben in entfernten Gegenden gekauft, oder Kinder heimlicher Liebe wurden in den Dienst der Gottheit aufgenommen, Nie wußte man woher sie kamen, und dieser Umstand machte sie dem großen Haufen so ehrwürdig, als die Unbekanntschaft des Orts, wohin sie nach zurückgelegter Kindheit gingen.

Hätte sich Amyrthäus wohl einen gefährlichern Ufer nähern können, als dem, wohin ihn Wind und Wellen trieben? Laßt uns wieder zu diesem verlassenen Kinde zurück kehren, das wir abermals schlafend finden.

Die Nacht war herbei gekommen, ehe das ruderlose Schiff den Hafen hatte erreichen können, Amyrthäus fühlte sein zweifelhaftes Schwanken, ohne daß ein sorgenloser Schlummer gestört ward; er ruhte so sanft, als wär es nicht die treulose See, sondern Mutterarme, die ihn wiegten, auch fehlte es seiner unschuldsvollen Seele nicht an mancherlei Gesichten.

Die Träume der Kindheit sind so bunt als unbedeutend, sie lohnen nicht der Mühe des Wiedererzählens, aber der, welcher König Sams jüngstem Sohn in dieser Nacht vorkam, gehört doch nicht ganz in diese Klasse, und die Leser werden mir verzeihen, daß ich etwas von demselben anführe.

Kaum hatte der kleine Prinz seine Augen, dießmal weinend, geschlossen, so stand der weise Akoris vor ihm. Deine Reise, sagte er, indem er ihm sanft die Stirne küßte, ist geendigt. Trockne die Thränen, welche dir der Unmuth über eine Fahrt, die deiner Unerfahrenheit lang dünkt, ausgepreßt hat; sie führte dich deinem Glücke entgegen. Dort, in jener Stadt, harret deiner ein glänzendes Loos, und die Möglichkeit, deinem großen, unglücklichen Vater so viel zu nützen, als deine ältern Brüder. Der Posten, auf welchen dich das Glück stellt, ist schlüpfrig; vernimm hier einige Regeln der Sicherheit.

Brauche den Verstand, den dir Gott über deine Jahre verlieh, aber verbirg ihn! Willige mit blinder Kindeseinfalt in alles, was man von dir fordert. Gibt es Gelegenheit, für dich selbst zu handeln, so erwarte Leitung von mir, wie heute, im Traum. Vergiß das Vergangene, und rede nie davon. Kenne niemand von deinen Bekannten, die dir vorkommen. — Vor allem lerne nicht sehen, nicht hören, und nicht verstehen, wo du merkst, daß man nicht gesehen, gehört und verstanden seyn will; die Uebertretung dieser Regel bringt dir frühen Tod, bleibe lang ein Kind, und du wirst lange leben.

Es ist möglich, daß viel von dem, was die Erscheinung sagte, dem Knaben damals unverständlich war, aber es prägte sich auf wundervolle Art seinem Gedächtniß ein, es schwebte ihm nicht nur, als er erwachte, nein, so lang er zu Taposiris blieb, unablässig vor Augen, er handelte, gleichsam durch Instinkt genöthigt, immer darnach, und es wurde ihm, so wie er darnach handelte, immer heller und verständlicher, denn gewiß wars, was Akoris sagte, der Verstand dieses Kindes überstieg bei weitem seine Jahre.

Als Amyrthäus erwachte, gränzte bereits die Nacht an den Morgen. Sein Nachen hatte sich hinter einer Felsenklippe fest gelegt, als hätten Menschen oder Götterhände ihn hier sichern wollen. Was den Knaben so früh erweckte, die erste röthliche Dämmerung war kaum angebrochen, war ein Geräusch, das sich dicht neben, ihm erhub. Ein Nachen, gleich dem seinigen, rauschte hinter einer benachbarten Felsenklippe hervor. Er sah einige Figuren auf demselben, dergleichen ihm in den Tempeln von Memphis waren bekannt geworden; Priester des heiligen Stiers oder irgend einer andern Gottheit; der Kleidung nach gute Bekannte von ihm, Freunde, denen er offene Arme entgegen breiten konnte.

Entweder die Schlaftrunkenheit verhinderte ihn, oder es war die erste Wirkung seines Traums, daß er dieses nicht that; seine Hand, seine Stimme hätte die Schiffenden erreichen können, denn ihr Fahrzeug glitt dicht bei dem einigen vorbei.

Er sah, daß sie nicht allein waren, sie hatten zwei Knaben bei sich, die vielleicht einige Jahre älter seyn mochten als er. Beide schliefen, die Morgenröthe schimmerte sanft auf ihre geschlossenen Augenlieder. Zwei schlummernde Engel! das Herz des jungen Prinzen wallte ihnen entgegen.

Laßt uns eilen, sagte einer der Führer, daß wir das hohe Meer erreichen, ehe sie erwachen. versetzte ein anderer, dieser Schlaf weicht bis er sie seinem Bruder, dem Tode, in die Arme geliefert hat!

Amyrthäus horchte hoch auf, um mehr zu vernehmen, aber schnell führte der Wind die Schiffenden bei ihm vorüber, und so weit in die See, daß das, was er von ihren Handlungen sehen konnte, mehr Muthmaßung als Gewißheit war. Ach, welche schreckliche Muthmaßung! — Es dünkte ihm gar eigen, als faßten sie erst den einen, dann den andern ihrer schlafenden Begleiter, und stürzten sie ins Meer. Ein Anblick, der ihn in solches Schrecken setzte, daß er die Hände zusammenschlug, und einen lauten Schrei ausstieß. Das Echo aus dem Felsen gab ihn doppelt zurück, die Männer auf dem hohen Meer, die eben nach vollbrachter Arbeit im Zurücksegeln begriffen waren, schienen ihn vernommen zu haben, und sahen sich um, woher er komme. Im nemlichen Augenblicke faßte ein Windwirbel das Fahrzeug des kleinen Prinzen, riß es aus der Bucht, wo es geruhet hatte, ungestüm hervor und führte es dem Kommenden entgegen.

Amyrthäus zitterte, als er das Schiff dieser Leute dem seinigen ganz nahe erblickte, er glaubte dessen gewiß zu seyn, was er gesehen hatte, und besorgte, wenn er diesen Mördern in die Hände fiel, für sich das nemliche Schicksal, wie für die unglücklichen Kinder, die er in dem jetzt ganz nahen Nachen, zu Bestätigung seiner Gedanken, wirklich vermißte. Ists möglich, sagte er zu sich selbst, daß diese Männer, die mir zu Memphis so lieb waren, die so heilige Kleider tragen, die Mörder jener armen Schlafenden waren, und auch die meinigen seyn werden?

Die Priester des Onuphis, denn das waren sie wirklich, und ihr werdet wohl das Geschäft errathen können, das sie eben ausgerichtet hatten; die Priester des Onuphis wurden indem den Nachen auch gewahr, den ihnen der Wind entgegen trieb, und die Person, welche sich auf demselben befand, erregte in ihnen eine lebhafte Befremdung.

Was ist dieses? sprach einer von ihnen, der die ganze Zeit über in traurigem Stillschweigen gesessen hatte, zu einem Gefährten, finden wir hier Ersatz dessen, was wir dem Meere opfern mußten?

Oder vielleicht ein neues Opfer für dasselbe? antwortete ein anderer. Kinder haben Augen und Ohren, wir finden hier vielleicht einen Zeugen unserer Handlungen, den wir nicht leben lassen dürfen!

Amyrthäus, der von diesen Worten nichts verstand, war in seinem Nachen auf die Knie gefallen, und breitete die Arme nach den fürchterlichen Männern aus; seine Geberden wollten sagen; Ach, tödtet mich nicht, wie ihr jene getödtet habt! aber er schwieg, und die Priester, die in dem den Kahn an den ihrigen befestiget hatten, sahen in seiner Miene nichts anders, als die Angst eines dem Meere preißgegebenen, von ihnen Hülfe bittenden Kindes.

O wie schön er ist, sprach der jüngste und sanfteste von diesen Männern, der den Knaben herübergeholt, und auf seine Knie gesetzt hatte. O, wie schön er ist! — Sage, mein Kind, wenn du angehört, und welch ein Geschick dich so einsam auf die wilden Wellen brachte?

Er schweigt, fing ein anderer an, welcher sahe, daß der Knabe mit nichts als mit Thränen antwortete: Vielleicht, daß ihm unsere Sprache fremd ist; laßt uns ihn in einer andern aus forschen.

Amyrthäus antwortete auf diese Fragen, die er nicht verstand, noch weniger, als auf die ersten, auf welche er blos aus Furcht geschwiegen hatte. Der erste Frager nahm wieder das Wort, er schien den kleinen Fremdling zu lieben, und für seine Erhaltung besorgt zu seyn, daher kam es vielleicht, daß er seine Untersuchungen so einrichtete, daß das zitternde Kind blos, mit Ja und Nein zur Antwort auskommen konnte.

Als Amyrthäus sah, daß man ihm gleichsam die Worte in den Mund legte, sprach er, seines Traums eingedenk, zu allem Ja, und die Priester überzeugten sich von der Wahrheit der Geschichte, die sie ihm selbst vorgesagt hatten: Er sey durch Sturm, Räuber, oder einen andern Unfall, den man seiner Kindheit nicht zumuthen konnte, anzugeben, von einem größern Schiffe getrennt worden, wo Aeltern und Verwandte, die er nicht zu nennen wußte, sich befunden haben mochten. Von einem tiefen Schlaf erwachend, habe er sich einsam auf der See gesehen, und durch sein Geschrei, sie, seine nahen Helfer, herbei gerufen.

Danke den Göttern, sagte der älteste der Priester, nachdem alle diese Dinge von dem Knaben genugsam bejahet worden waren; danke vornehmlich dem großen Onuphis, zu dem wir dich führen, für deine Rettung. Er ist dein Vater, und wir, seine Diener, wollen für dich sorgen, dich lieben und pflegen, wenn du uns in allem folgt, wenn du vornehmlich, über die Art, auf welche du in unsere Hände gekommen bist, das tiefste Stillschweigen beobachtet; du mußt schweigen und reden lernen, blos wie wir gebieten.

Amyrthäus zitterte, ungeachtet dieser freundlichen Reden, noch immer vor heimlicher Furcht. Gern hätte er sich erkundigt, warum man jene Kinder getödtet habe, und ob man ihn doch vielleicht endlich auch tödten würde, wenn er nicht ein gewisses Etwas in sich gefühlt hätte, das ihn von dieser Frage zurückhielt.

Es war der Plan der Priester, mit ihrem schönen Funde, dessen Werth sie, je mehr sie die Sache überlegten, je höher ansetzen mußten; es war ihr Plan, mit ihm bei vollem Tage in den Hafen von Taposiris einzulaufen. Die Schönheit dieses Kindes, seine prächtige Kleidung, die ausserordentliche Art, auf welche es in ihre Hände gekommen war, und die sie, nach ihrer Weise, noch besser ausschmückten, alles dieses berechtigte sie, es für ein Geschenk der Götter auszurufen, und sich des Vorzugs zu rühmen, daß es ihnen von dem Meere entgegen geführt worden wäre.

Wir schiffen, sagten sie zu der horchenden Menge, dieses Morgens vor Tage aufs hohe Meer, die heiligen Fische zu fangen, deren wir auf den neunten des Monats Thot *[An diesem Tage aß jeder, Aegyptier vor der Thür seines Hauses einen gebratenen Fisch, den er von den Priestern theuer erkaufen mußte; die Priester selbst aßen keine.]*, bedürfen, da schwebte ein Nachen mit einem schlafenden Knaben herbei, der uns unmittelbar vom Himmel gesandt worden seyn muß, da keine unserer Fragen, keine seiner Antworten, uns hat deutlich machen können, welcher irdischen Gegend wir für dieses Wunderkind zu danken haben. Befragt ihn nur selbst, ob ihr glücklicher seyd!

Das Volk umringte den kleinen Amyrthäus, erhielt auf seine Fragen Antworten, wie sie zu dem Vorgeben der Priester paßten, und ward überzeugt. Es war dem jungen Prinzen sehr bequem, durch Stillschweigen, durch die Fabel, die ihm vorgesagt worden war, oder durch ein abgebrochenes Ja und ·Nein, sich aus einer verwickelten Sache zu helfen, er erfüllte zugleich den Willen der Priester, und den Befehl des Traumgesichts, indem er einsylbig war, und bei dem Volke erhob er sich, durch das heilige Schweigen, das seine Lippen versiegelte, so hoch, daß manche ihn für den jungen Harpokrates selbst halten wollten.

Die Priester erklärten, daß, da gestern die Götter die beiden ältesten Kinder des heiligen Stiers, reif zum Himmel befunden, und von der Erde abgefordert hätten, die Stelle derselben durch dieses außerordentliche Kind habe ersetzt werden sollen. Auch hierzu sagte das Volk Ja, und Amyrthäus ward in den Tempel mehr getragen, als geführt. Die ganze Stadt kam herbei ihn zu sehen, man jauchzte, man erzeigte ihm nicht viel geringere Verehrung als dem Onuphis selbst, und beschenkte ihn noch am nemlichen Tage, einhellig mit dem Ehrennamen: Sohn des schwarzen Stiers.

Als Amyrthäus diesen schwarzen Stier, dem großen Onuphis, vorgestellt wurde, hatte er alle Ursach, mit seinem neuen Vater zufrieden zu seyn. Der Empfang war freundlich und voll Anstand; Onuphis nahm etwas Speise aus den kleinen Händen des Prinzen, brüllte dreimal und streubte eine rückwärts gewachsenen Haare schmeichelnd empor. *[Der Onuphis durfte keine andern Haare haben.]* Man konnte nicht mehr von ihm verlangen.

Er war jung, stark und schön, und durfte sobald noch nicht, das Schicksal des ersäuften Apis, seines Nebenbuhlers, erwarten. Es wurden damals viel Kabalen im Tempel geschmiedet, die, dem liebenswürdigen Thiere, den Namen des heiligen Stiers, allein zu sichern, und das Wiederaufkommen eines neuen Apis zugleich zu hindern; Dinge, wovon sich in kurzem, in dieser Geschichte, deutliche Spuren zeigen werden.

Als die Audienz vorüber war, trugen die Priester den kleinen Amyrthäus auf den Schultern aus dem Tempel. Das Volk jauchzte und rief den Namen Harpokrates! Daher schreibt, sich vermuthlich die Gewohnheit, deren die Alten gedenken, einmal des Jahrs ein Kind aus dem Innern des Tempels zu bringen, und ihm den Namen des Gottes des Stillschweigens zuzujauchzen. Das Andenken des kleinen Amyrthäus blieb bei den Aegyptiern immer im Segen, auch verdiente er diesen Vorzug vor allen Kindern, die jemals in den Vorhöfen des Apis und des Onuphis aufgewachsen waren.

Er trat sein neues Amt, mit den Kindern des Tempels zu spielen, und sich mit denen, die es zu ihrer Belehrung suchten, in Gespräche einzulassen, mit der besten Art von der Welt an. Kaum war die Adoration, die man ihm geleistet hatte, vorüber, so warf er sich, als von zu großer Ehre beschämt, von den Schultern seiner Träger, und mischte sich unter seine kleinen Gespielen. Er küßte sie, er nannte sie seine Brüder, er zeigte durch seine Spiele, daß er ein Kind war wie sie, und daß er nichts anders zu seyn verlangte.

Diese Herablassung gewann aller Herzen, selbst die Herzen derjenigen unter den Knaben, die schon Jahre genug hatten, oder lang genug im Tempel waren, um die der Kindheit sonst so fremden Laster, Neid und Misgunst kennen zu lernen. Es gab unter den Priestern viele, welche ihren Brüdern den schönen Fund beneideten, den sie an dem holden Götterknaben gethan hatten, und noch mehrere, welche Ursach hatten sich für irgend eins der andern von den Kindern des Tempels zu interessiren. Amyrthäus stand in Gefahr, alle diese furchtbaren Leute zu Feinden zu bekommen, und vielleicht von ihnen sehr bald zum Himmel reif befunden zu werden, wenn er nur um ein Haar anders handelte als er that.

Er ist zu jung, zu einfältig, sagten sie, nach dem sie ihn eine Weile beobachtet hatten, um uns oder unsern kleinen Gottheiten Eintrag zu thun; zu gut, zu klug, hätten sie sagen müssen, wären sie im Stande gewesen dieses Wunderkind ganz zu durchschauen.

Doch den Geist, der ihn beseelte, das Herz, das in ihm schlug, ahndete kaum einer der heiligen Männer, und dieser Eine war wohl weit entfernt, seine Entdeckung einen Brüdern mitzutheilen; ihm war bekannt, daß vorzügliche Gaben, den Kindern des Onuphis nie ein langes Leben prophezeihten.

Dieser Eine war Taos, der jüngste von den Priestern, die den Prinzen zuerst auf den Gewässern des Sees Mareotis bewillkommt hatten, eben der, welcher schon damals sich durch jedes seiner Worte, jeden Zug eines Betragens so auszeichnete, daß er von dem kleinen Fremdlinge ein Zutrauen gewann, welches nur dadurch geschwächt ward, daß er doch immer auch Einer von den geweihten Mördern gewesen war, die die schlafenden Knaben tödteten.

Aber warum, fragte Amyrthäus in der Stunde einer vertraulichen Erklärung über die schreckliche Begebenheit, aber warum mußte man sie tödten?

Ein Strom von Thränen war Taos Antwort. O mein Kind! rief er, und drückte den Knaben an sein Herz, in welchem Tone würdest du diese Frage wiederholen, wenn du wüßtest, daß es mein, mein Kind war, das ich aufopfern mußte! seine Geburt *[Nicht allen Priestern des Onuphis war die Ehe erlaubt.]*, die man mir zum Verbrechen gemacht haben würde, zu verhelen, und ihn der Gottheit, die ich verehre, nahe zu bringen, gab ich ihn in dem Tempel! Ach, zu jung, zu unerfahren war ich, sein Schicksal zu ahnden! — Nun, seine Seele wandle in Frieden im Gefolg des Horus und aller kindlichen Gottheiten des Himmels! er war zu gut, zu klug für diese Unterwelt! Hüte, o hüte dich ja, an dir blicken zu lassen, was er war, ich müßte sonst dich auch tödten helfen, tödten wie ihn, ohngeachtet mein Herz an dir hängt.

Taos ward der Lehrer des jungen Prinzen, und von diesem truglosen Diener einer betrüglichen Gottheit geleitet, ging dieses Kind unter tausend Gefahren einen sichern Weg. Er lehrte ihn schweigen, gehorchen, und einfältig glauben, so wie die Erscheinungen des weisen Akoris, die das nächtliche Lager des Prinzen fleißig besuchten, ihm Klugheit in schweren Fällen predigten, und ihm manches Wort in den Mund legten, das über Menschenschicksale entschied.

Alles, was dieses Kind vorbrachte, ward mit der Miene der vollkommensten Einfalt ausgesprochen, und die Wichtigkeit der Dinge die es sagte, drohte ihm also keine Gefahr. Man hielt ihn für ein willenloses Werkzeug der Götter, und nie war man gläubiger an sie gewesen als jetzt. Selbst die ältesten Priester, die am besten wußten, was es für Bewandniß mit den hiesigen Orakuln hatte, kamen, wenn sie dieses Kind reden hörten, in Gefahr an wirkliche Begeisterung zu glauben.

Aber ich fürchte, meine lange Erzählung ermüde euch, meine Leser, erlaubet mir daher, alle Beispiele zu übergehen, die ich von dem anführen könnte, was ich so eben gesagt habe: nur von dem, was eine nähere Beziehung auf meine Hauptgeschichte hat, sei mir vergönnt etwas weniges zu sagen.

Amyrthäus spielte einst mit seinen Brüdern, den übrigen Kindern des heiligen Stiers von Taposiris, auf den Stufen des großen Hauptthors des Tempels, von vielen Fremden, und eben so viel Taposirern umringt, die hier aus den Worten, welche den Knaben des Tempels bei ihren Spielen von ohngefähr entschlüpften, Rath und Trost in ihren mancherlei Angelegenheiten zu nehmen pflegten.

Der junge Prinz, in der Schule des Unglücks erzogen, und also nur halb ein Kind, war wenig mit seinen Gedanken bei den Spielen seiner Gefährten gegenwärtig, auch war das fürwahr nicht Spiel, was er jetzt eben in Sinne hatte, sondern eine der ernsthaftesten Angelegenheiten seines Lebens. Noch schwebte ihm ein Traum vor, welchen er in dieser Nacht hatte. Sorgfältig wiederholte er sich im Gedanken die Rolle, die ihm Akoris in demselben, bei einer bevorstehenden Begebenheit, aufgetragen hatte. Die Zeit nahte heran, wo ein Etwas geschehen sollte, das auch in diesem Augenblicke im Geschehen war, denn siehe, auf einmal heftete sich die Aufmerksamkeit der ganzen Versammlung von ihm und seinen Gefährten auf eine Gruppe von Fremdlingen, die im Hafen, auf welchen man von diesem Orte aus die Aussicht hatte, eben ans Land gestiegen waren.

Die Hauptpersonen unter den Ankommenden, war ein junger Mann von wildem wirdrigem Ansehen, und eine junge Frau, deren ungemeine Schönheit nur durch die Züge des tiefsten Kummers, die ihrem Gesichte eingegraben waren, verdunkelt wurde. Amyrthäus heftete einen festen Blick auf diese beiden Figuren, und eine Thräne trat in sein Auge. Der weise Akoris hatte diese Nacht mit ihm von alle dem gesprochen, was ihm heute begegnen würde, aber auch, ohne eine Weisung, würde ihm sein Herz gesagt haben, wen er in diesen Fremden vor sich habe, wenn er auch vielleicht, sich selbst überlassen, nicht so gut gewußt haben sollte, was ihm zu thun sey, und wie er den Antheil, den er an den Unbekannten nahm, verbergen müsse, um sich nicht in Gefahr zu setzen, und seinen Worten und Handlungen, desto mehr Nachdruck zu geben.

Die Fremden nahten langsam, denn der jungen Schönheit wandelte unterweges eine Ohnmacht an, aus welcher sie durch den Mann an ihrer Seite, und durch ihre Sklaven mühsam zurecht gebracht wurde. Amyrthäus, der, als man ihr in dieser Bemühung den Schleier abnahm, sie völlig erkannte, gewann indessen bessere Zeit sich zu fassen, und das zu ordnen, was er vorhatte.

Kinder, fing er an, als merke er nicht auf die Ankommenden, laßt uns das Spiel spielen, das ich euch diesen Morgen lehrte. Ihr wißt eure Rollen; so wie ich die meinige! Die Knaben traten zusammen, um sich über das, was sie vorhatten, zu bereden; das Spiel begann fast in dem Augenblicke, da die Fremden die steinernen Sitze erreichten, welche am Thore des Onuphistempels angebracht waren, und wo gemeiniglich die Belauscher seiner Kinder Platz zu nehmen pflegten.

Die Knaben hatten ihrem Meister, dem jungen Prinzen, indessen einen kleinen Thron auf der obersten Stufe des Eingangs bereitet, er nahm mit einem Ernte, der ihm ungemein wohl ließ, seine Stelle ein, und einer aus dem Haufen der Kinder, die den Thron umringten, trat hervor, und warf sich vor ihm nieder.

Priester des großen Onuphis, sagte er. Hier sind Fremde, welche den Ausspruch der Gottheit fordern? —

Was sagen die Kinder des Tempels? fragte Amyrthäus. —

Sie schweigen. — Die Sache ist zu wichtig, um von Kindern gerichtet zu werden.

Was betrift sie?

Die Unschuld eines Weibes, die Ruhe eines Mannes, den Ruhm zweier Könige, und das Wohl der Völker am Nil.

Man lasse die Partheien vortreten.

Ein anderer Knabe, mit einem der jüngsten und schönsten Kinder des Tempels an der Hand, das man, um es als eine Frauensperson zu bezeichnen, in einen Schleier gehüllt hatte, nahte sich dem kleinen Richter, und brachte seine Worte vor:

Dieses Weib, sagte er, habe ich auf hinterlistiger Flucht von mir, ihrem Manne, ertappt, und ich verlange über sie das Urtheil der Gottheit.

Wie kam dies Weib in deine Arme?

Mein Schwerd hatte ihren Vater besiegt.

Floh sie fremder Liebe entgegen?

Zora besitzt Tugend! Sie floh, beim Grabe ihres Gottes zu weinen.

Was hielt sie auf, was brachte sie zurück zu dir?

Der Schmuck, der die Stirne der heiligen Stiere ziert.

Du hast dein Urtheil selbst gesprochen. Weil Zwang, nicht freie Wahl, dein Weib in deine Arme lieferte, so verdient ihre Flucht Entschuldigung. Weil Andacht, nicht Liebe sie deinen Armen entriß, so hast du nur halben Grund zu klagen, (wer weigert sich die Götter zu Nebenbuhlern zu haben!) und, weil sie die Götter selbst, dir deine Zora wieder gaben, so muß auch ihrem Ausspruche ihr Schicksal ganz überlassen werden.

Diesen Ausspruch zu holen, kam ich nach Taposiris.

Wirst du ihm blindlings gehorchen?

Ich schwöre. —

So laß Zora im Tempel des Onuphis, bis die Götter über deinen Streit mit ihren Brüdern entschieden haben.

Der Kläger willigte ein, die andern Knaben nahmen die Beklagte zwischen sich, und führten sie davon. Amyrthäus stieg von seinem Throne, und das Spiel war geendet.

Viele der Anwesenden umringten den jungen Prinzen, und fragten ihn um die Deutung. Es ist eben nur ein Spiel, antwortete er, es soll nichts bedeuten, wenn niemand sich etwas daraus zu nehmen weis,

Unter denen, welche das kleine Orakel um Erklärung baten, waren die Fremden, die eben erst angelangt waren, nicht, ob sie sich aber auch aus seinen Worten nichts zu nehmen wußten, daran zweifle ich billig.

Bin ich hier in einer bezauberten Welt, sagte der Mann des jungen Weibes, nach einem langen Stillschweigen, zu sich selbst, muß ich das verschwiegene Anliegen, das ich nach diesen Tempel trug, hier auf öffentlichen Plätzen von Kindern ausrufen hören!

Ihr werdet wohl nicht ungewiß seyn, wer der Mann war, der auf diese Art mit sich selbst sprach. Es war der König von Persien, der sich durch die Bitten und Thränen seiner entflohenen Gemahlin, und durch die wieder aufwachende Liebe für sie, hatte bewegen lassen, sie nach Taposiris zu bringen, und das Urtheil des heiligen Stiers über sie einzuholen. Er hatte es so früh, hatte es auf solche Art nicht erwartet. Seine entzückte Gemahlin machte ihn auf jede Spur der Göttlichkeit der Entscheidung aufmerksam, auch schien es unmöglich, hier eine übermenschliche Fügung zu verkennen.

Der König von Persien befand sich im strengsten Incognito, und da er ein Mann von ganz gewöhnlichem Ansehen war, so konnte hier nichts seine Hoheit bezeichnen. Schlechte Kleidung und Gram verdunkelten die Reize der Königin, auch war es schon damals gewöhnlich, daß die Natur sich eben mit ihren Gaben nicht allein an die Göttinnen der Erde band, und also herrschte auch hier das tiefste Dunkel. Das Unbegreifliche lag in der umständlichen Darlegung einer Geschichte, die selbst in Memphis ganz unbekannt geblieben war, obgleich der Gemahl der schönen Zora, das Denkzeichen ihrer gehinderten Flucht, öffentlich auf seinem Helme trug, so war doch die Veranlassung zur Annahme dieses seltsamen Schmucks, sorgfältig verborgen worden, und die frommen Leute zu Memphis, nahmen den gehörnten Helm für nichts als für ein Merkmahl sonderlicher Andacht zum heiligen Apis an. O wie sehr irrte man hierin! Daß der persische König überhaupt wenig Andacht zu den ägyptischen Göttern hatte, haben wir schon aus seinen Handlungen gesehen; gegen den heiligen Stier, der zu Memphis verehrt wurde, hegte er darum noch einen besondern Widerwillen, weil die Wallfahrt zu einem Grabe ihn beinahe um eine liebenswürdige Gemahlin gebracht hätte, daher er auch lieber bei dem taposirischen Gotte, als in seinem Heiligthume, Rath gesucht hatte.

Zora war entzückt, sich von dem Orake des Onuphis mit solcher Schonung behandelt zu sehen; der ganze Anstrich, den sie ihrer Flucht gegeben hatte, war beibehalten, und sie konnte kühnlich darauf trotzen.

Also floh Zora wirklich aus keiner andern Ursache von mir, als an dem Grabe des Apis zu weinen! fragte der König, nachdem er feine Gemahlin aus dem Vorhofe des Tempels in ein Nebengebäude geführt hatte, wo die Fremden bewirthet wurden.

Mein König hörte, antwortete Zora, was die Gottheit den Kindern, durch deren Mund sie spricht, von der Sache geoffenbaret hatte. Was braucht es erneuter Betheurungen von meiner Seite, wo die Erforscher der menschlichen Herzen reden?

Und Sam, der um die Flucht seiner Tochter wußte, kannte gleichfalls keine andern Absichten?

Meine Entschuldigung gilt auch für ihn!

Wird Zora mir gern wieder nach Memphis folgen?

Hat der König den Ausspruch der Gottheit vergessen?

Zoras Gemahl, der durch ihren Versuch, von ihm zu fliehen, nach Art der Thoren, die jedes Gut nach der Möglichkeit, es zu verlieren, schätzen, seit ihrer misslungenen Flucht wieder von neuem ihr Liebhaber geworden war, schlug sich unmuthig vor die Stirn! Das Urtheil, welches die Beklagte zum Aufenthalt im Tempel des Onuphis bestimmte, war ihm ganz entfallen. Voll Unruhe ging er hin und her, ungewiß, wie er sich aus dieser Sache finden sollte, und Zora, die nichts so sehr wünschte, als von ihrem Tyrannen getrennt zu werden, und wenigstens einige glückliche Wochen oder Monate bei den Priesterinnen des heiligen Stiers zu verleben, zitterte vor dem Ausgange.

Wohl gut! schrie endlich der König, der schnell seinen Entschluß faßte, was ists, das mir hier Zwang anlegen könnte? was ists, das mich an die Aussprüche dieser Gottheit bindet? Unbekannt bin ich hieher gekommen, unbekannt werde ich Taposiris wieder verlassen. Ich weis, da Zora unschuldig ist, aber ich habe nicht, so wie mein Stellvertreter in jenem Kinderspiele geschworen, sie in dem Augenblicke von mir zu lassen, da sie meinem Herzen von neuem theuer geworden ist. Man bringe augenblicklich Befehl nach dem Schiffe zu schleuniger Abfahrt nichts, als Wind und Wetter, können mich hier aufhalten.

Amyrthäus hätte wohl den kleinsten Theil der Wünsche des weisen Akoris und der seinigen erreicht, wenn es so gegangen wär', als der König von Persien meinte, auch war der kluge Knabe von seinem nächtlichen Lehrer hin länglich unterwiesen, wie er sich, um die schöne Zora besser als Nitetis von ihrem Tyrannen zu trennen, und sie zu Taposiris zu behalten, betragen müsse.

Die Priester hatten durch ihn schon Nachricht, wer die neuangelangten Fremden wären; diese schlauen Weisen hatten längst gewünscht, den persischen Eroberer in ihrem Tempel zu sehen, um ihn, zum Nachtheil des memphitischen Stiers, für die Gottheit des ihrigen zu gewinnen. Die Gelegenheit war nun da, wie hätten sie sie aus der Acht lassen sollen! Die Sache des jungen Prinzen, des weisen Akoris und der schönen Zora war in guten Händen, man brauchte weiter über nichts besorgt zu seyn.

Der begeisterte Knabe ward von den Dienern des Onuphis, die sich in alle die Wunder, welche sie an ihm wahrnahmen, nicht zu finden wußten, wegen der Kunde, die er ihnen brachte, mit hoher Ehrerbietung entlassen, und ehe der Abend kam, war der Entschluß des persischen Königs ganz umgewandelt.

In dem Augenblicke, da er sich zur Abfahrt rüstete, kam eine Gesandtschaft aus dem Tempel, die ihn einlud, die Seltenheiten des selben in Augenschein zu nehmen. Es war dieses eine Höflichkeit, die man allen Fremden erzeigte; der König durfte sich darum nicht entdeckt glauben. Man stellte sich, ihn nicht zu kennen, und er, ob er gleich die Einladung weder ausschlug noch ausschlagen durfte, hütete sich wohl, sich kund zu geben, oder etwas von dem Antheile merken zu lassen, den er an dem Ausspruche der Kinder bereits genommen hatte; auch den Priestern war dieser Umstand unbekannt; Amyrthäus war von dem weisen Akoris nicht angewiesen, ihnen von den Geheimnissen seines Hauses etwas zu sagen.

Indem män dem Könige von Persien die Wunder des Onuphistempels zeigte, so wußte man auf ganz leichte, verdachtlose Art den Wunsch in ihm zu erregen, das Orakel desselben zu hören; man legte es abermals dem jungen Prinzen in den Mund, und es ist leicht zu errathen, was dieser vorbrachte. Sehr gut wußte er die Plane des weisen Akoris mit den Planen der Priester zu vereinigen, und der König erhielt das Versprechen des Siegs über Zoras Brüder und die Hoffnung auf Erfüllung aller weitaussehenden Wünsche, nicht anders als um den Preis, der ihm so wehe that. Zora mußte im Tempel bleiben, und der zärtliche Bruder dieser unglücklichen Prinzessin, entzückt seiner Schwester die Trennung von dem Tyrannen ersiegt zu haben, hätte gern seinem Vater, dem gefangenen König Sam, den nemlichen Vortheil verschaft, wenn er die Anweisungen, die man ihm gegeben hatte, so weit hätte überschreiten dürfen.

Verlange nicht zuviel vom Schicksal! sagte der weise Akoris, der des Nachts wieder an seinem Bette stand. Zora, deren erste Flucht von ihrem Manne die Götter misbilligten, bleibt jetzt auf ihre Verfügung hier; laß dir dieses genug seyn! Dem Tyrannen mußte in seiner Gemahlin ein Opfer entzogen werden, das beim ersten Aufwallen verneuter Eifersucht verloren gewesen wäre. König Sam bleibt in seinen Banden. Wenigere Unschuld verdient wenigern Schutz; auch ist Sam sicher, wenn er meinem Rathe folgt, und sich nicht unzeitig in Dinge mischt, die allein von den Göttern abhängen. Aber ach, er wird nicht gehorchen! er wird sich selbst helfen wollen, er wird fallen und — —

Die Worte der Erscheinung verloren sich in undeutliches Murmeln, und Amyrthäus brachte mit Weinen den Morgen heran; sehr früh zeitig sollte dieser Knabe erfahren, daß Ruhe nur bei kindischer Einfalt wohnt, und höhere Weisheit, Anwartschaft zu höhern Kummer ist.

Man erzeigte dem Könige tausend Höflichkeiten im Tempel des taposirischen Stiers, doch immer ohne zu zeigen, daß man seinen Stand kenne; dieses gab der Ehre, die ihm wiederfuhr, desto größern Werth. Der Onuphis beliebte das Futter begierig zu verzehren, und ihn dreimal mit der Spitze seines Schweifs zu schlagen. Der König, obgleich kein großer Verehrer der Gottheiten des Nils, war entzückt über diese Auszeichnung; man sagte ihm, so habe Onuphis noch selbst keinen Monarchen bewillkommt!

Amyrthäus hatte den Auftrag, dem Tyrannen seines Volks, den die Onuphispriester auf alle Weise dem Apis abgewinnen wollten, beim Abschied ein Geschenk im Namen ihrer Gottheit zu überreichen; ein schweres Geschäft für diesen patriotischen Knaben! Er mischte die Worte, die man ihm bei dieser Gelegenheit in den Mund gelegt hatte, mit dem, was ihm sein eignes Herz eingab, und es gefiel der Gottheit, seinen Reden in der Folge das Siegel der Wahrheit aufzudrücken.

Es war ein geweihtes Schwerd, was der König aus seinen Händen erhielt. Brauche es, sagte der kleine Prophet mit ernster Geberde, brauche es in Sachen der Tugend und des Rechts; nur dann wird es dir den Sieg erkämpfen. Der erste Tropfen Blut, den du damit auf eine unwürdige Weise vergießest, bringt dir den Tod. Zweischneidig wird der Stahl in deine eigene Seite fahren, und dich in den Staub strecken, wenn du zum Siege zu ziehen meinst.

Der König und der Knabe standen in der Mitte des Tempels, da dieses zwischen ihnen vorfiel; der Kreis der Priesterschaft, der sie umzog, war weit genug entfernt, um die Worte, die Amyrthäus sagte, ihnen unhörbar zu machen. Welch eine Kühnheit von ihm, dem Manne zu drohen, dem man hier nur schmeicheln wollte! man hätte sie ihm nicht verziehen, wenn er sich auch durch eine besondere Begeisterung hätte decken wollen. Er schwieg, als er ausgeredet hatte, und keine Frage des Persers konnte eine weitere Antwort von ihm herausbringen.

So fuhr der Gemahl der schönen Zora halb getröstet, halb gekränkt, halb erfreut, halb erschreckt nach dem Hauptschauplatz seiner Siege, nach Memphis zurück, und die schöne Zora hatte noch diesen Abend das Glück, sich in den Armen ihres Bruders zu sehen.

Dieses Kind war der allgemeine Liebling; seine Schönheit, seine Holdseligkeit gewannen ihm, besonders unter den Frauen, tausend Herzen, und seine zarten Jahre, nebst der anscheinenden Einfalt, unter welcher er, wenn er nicht im Namen der Götter sprach, seine Klugheit zu verbergen wußte, machten, daß man ihm, ohne Verdacht, überall Zutritt verstattete. Die Priesterinnen des Onuphis, denen man die schöne Zora übergeben hatte, machten sie unverzüglich mit dem göttlichen Knaben bekannt, und diese fand bald, daß dieser Name, den ganz Taposiris ihm gab, nicht an einen unwürdigen verschwendet war.

Noch kannte Zora in ihm ihren Bruder nicht; das Dunkel, womit man die Geburt der ägyptischen Königskinder zu bedecken pflegte, ließ dieselben oft lebenslang einander unbekannt bleiben. Die erste einsame Stunde, die Amyrthäus bei der Königin von Persien zubrachte, löste das Räthsel, und das Wort, aus dem Munde des kleinen Liebesgottes: Ich bin dein Bruder, Zora! Du bist meine Schwester! mit den gehörigen Erklärungen verbunden, erregten alles Entzücken, welches eine Verlassene zu fühlen pflegt, wenn sich wieder ein menschliches Wesen an sie schmiegt.

Und Himmel, so ein Wesen, wie Amyrthäus! Zoras Herz floß von Liebe über gegen ihn, den Bruder, der sich ihr offenbarte; aber hörte sie ihn sprechen, so wußte sie fast nicht, ob sie nicht zu kühn sey, sich für seine Schwester zu halten, ob er nicht zu den Geistern höherer Regionen gehöre. — — Seine sanften Vorwürfe wegen der Vergangenheit demüthigten sie, aber sein Trost, ein Zuspruch wirkte mit siegender Allgewalt auf ihr Herz. Zora wird einst glücklich seyn! sagte er. Entweder in den Armen eines gebesserten Gemahls, oder ist dieser für sie und die Tugend ganz verloren, in den Armen ihrer siegenden Brüder.

Die Prinzen hatten sich wirklich damals aus allen Weltgegenden, wohin sie, bei der Abfahrt aus der Begräbnißinsel, vom Schicksal zerstreuet worden waren, wieder in den Gegenden von Memphis versammelt; ein jeder mit der Macht, die er durch Hülfe der Götter, zur Rache an dem persischen Tyrannen, zusammengebracht hatte. Siuph stand an ihrer Spitze, ein durch verschiedene glückliche Siege bereits bewährter Feldherr. Mit ihm war der Unbekannte, der unter seiner Anführung, das Schwerd auf eine Art hatte führen gelernt, die ihm Ehre und die Neigung des Prinzen erwarb. Die arme Nitetis! ein wenig glücklicher fühlte sie sich freilich, jetzt von dem geschätzt zu werden, der sie ehemals verachtete; aber kalte Werthschätzung, welch eine Erwiederung für ein Herz voll Liebe!

Die Waffen der Prinzen waren bisher so glücklich gewesen, daß der König von Persien wohl Ursache gehabt hätte, die Götter über andere Dinge, als seine häuslichen Angelegenheiten um Rath zu fragen; so weit war indessen sein Stolz noch nicht gedemüthigt, daß er hierin Hülfe bei dem Unsichtbaren hätte suchen sollen. Und der Ausspruch des Onuphis über diesen Gegenstand war ihm fast aufgedrungen. Er gab sich das Ansehen, um nichts bekümmert zu seyn, als um Dinge, die sich mit einem Finger heben ließen. Das weitere Hervordringen der Rächer Aegyptens, der Verlust einiger Schlachten, der Verlust von tausend tapfern Kriegern, die seine blinde Wuth hingeopfert hatte, kostete ihm nicht den Schlaf einer einzigen Nacht.

Eine Aktion, welche viel, wo nicht alles entscheiden mußte, stand nahe bevor; der König von Persien war sicher zu siegen, wenn auch nicht durch Tapferkeit und Uebermacht, doch durch heimliche Künste, welche ein Geist der Hölle, ihm zum Nachtheil der frommen Prinzen, gelehrt haben mußte, auch trotzte er auf das geweihte Schwerd aus dem Tempel des Onuphis, dessen ersten Gebrauch er für diese Schlacht, welcher er persönlich beiwohnen wollte, aufbewahrte.

Die Prinzen, ungeachtet sie das Recht und die Götter auf ihrer Seite hatten, waren nicht so sicher; es ist die Art des vorsichtigen Weisen, auch da, wo er Grund zu hoffen hat, sorgsam zu zweifeln, und Rath und Gewißheit am Throne der Gottheit zu suchen.

Schon lange mißten die Brüder den Rath des weiten Akoris, der auch dem jungen Amyrthäus jetzt seltener, als sonst, nächtliche Besuche gab. König Sams Söhne, sagte er, bei einer der letzten Erscheinungen, sind hinlänglich zur Weisheit und Tugend angelehrt, sie bedürfen der Leitung nur wenig. Akoris geht hin, ihren schwachen Vater zu unterstützen. Ach dieser unglückliche Mann kann die Zeit nicht erwarten, da für ihn die Früchte des Glücks reifen, er wird sie unzeitig der Hand des Schicksals entreissen, und durch ihren Genuß seinen Tod herbeirufen!

Akoris hatte Recht. Viel zu langsam dünkten dem gefangenen Könige von Aegypten die Fortschritte der Rache an seinem Tyrannen; unablässig war er in Planen verwickelt, sie zu beschleunigen, unablässig mit kleinen Verschwörungen wider einen Feind beschäftigt, die, gelangen sie, wenig Nutzen schaffen konnten, und wurden sie entdeckt, seinen Untergang befördern mußten.

Indessen ging Prinz Siuph seinen großen königlichen Gang; der Zeitpunkt nahte heran, der alles entscheiden mußte, er wollte ihm nicht, ohne die Götter, entgegen gehen, und eine Brüder waren mit ihm einverstanden.

Das Heiligthum des taposirischen Onuphis war das Einzige, in welches man sich, bei damaligen bedenklichen Zeiten, ohne Tollkühnheit wagen konnte. Es lag am Meere, man konnte keinem Fremden den Zutritt versagen.

Siuph, welcher das wichtige Geschäft, den Ausspruch der Götter einzuholen, keinem andern, als sich selbst anvertrauen wollte, langte in verstellter Tracht in dem Tempel an, wo sein Bruder Amyrthäus eine glänzende Rolle spielte.

Siuph kannte den Knaben nicht, die Götter hielten seine Augen; aber Amyrthäus kannte ihn, und, o wie klopfte sein Herz, sich in seine Arme zu werfen! —

Dies war Unmöglichkeit, dafern er ihn nicht verrathen wollte! Die Priester des Onuphis, die Schmeichler des persischen Königs, und seine heimlichen Rathgeber haßten den unglücklichen Sam und seine Söhne; der heldenmüthige Siuph wäre verloren gewesen, hätte man ihn hier erkannt!

Glücklich wäre Amyrthäus, glücklich wäre seine und Siuphs Schwester gewesen, hätten sie insgeheim die Umarmung des Bruders genießen können, die sie sich öffentlich versagen mußten, aber auch dieses war Unmöglichkeit. Der kleine Prinz wurde seit einigen zwischen dem Könige von Persien und dem Oberpriester gewechselten Botschaften, weit schärfer bewacht, als sonst, man mußte Muthmaßungen haben, daß er das, was man ihm an den Tyrannen aufgetragen hatte, nicht ganz so ausgerichtet habe, wie es ihm vorgesagt worden war. Brauche, so lautete sein Auftrag bei Uebergabe des Schwerds an den König, brauche diesen Stahl, dich zum einigen Gott von Aegypten zu machen, und selbst das Blut des Heiligsten zu vergießen, wenn es dir den Rang in Memphis bestreitet. Amyrthäus hatte dieses, wie wir wissen, nicht gesagt, und solche Verfälschungen ihrer Göttersprache konnten die Priester zu Taposiris nicht dulten.

Amyrthäus war von dem Augenblicke an, da man einen Verdacht auf ihn warf, selten allein. Seine Spiele und seine Unterredungen wurden immer, wenigstens von einem der Priester belauscht, und Zora, bei welcher keiner dieser Herren Zutritt hatte, durfte gar nicht mehr von ihren kleinen Lieblinge besucht werden.

Siuph, der aus den zufälligen Reden der Kinder des Tempels keinen Rath in seinem Anliegen hatte herausfinden können, meldete sich bei den Priestern um deutlichere Belehrung. Amyrthäus stand dabei, als er die Gottheit in dunkeln Worten um den Ausgang seiner Sachen fragte, er verstand den Sinn seiner Rede vollkommen, und sein Herz brannte, ihm Antwort zu geben. Die Priester, die Siuph nicht kannten, verstanden ihn auch nicht, und antworteten ihn auf die geschraubte Weise, die den Orakeln gewöhnlich ist.

So sollte also der geliebte Siuph, ungetröstet und unberathen, aus dem Heiligthume scheiden, und sein Bruder hatte ihm so viel zu sagen, wußte so genau, wo bei der bevorstehenden Schlacht Gefahr ihm bevorstand, und wie er derselben entgehen sollte!

Manche der alten Erzähler dieser Geschichte haben diese Wissenschaft des jungen Prinzen übernatürlicher Offenbarung zugeschrieben, aber der Erzähler, welcher die Wahrheit liebt, gesteht seinen Lesern offenherzig die Quelle, aus welcher der kluge Knabe diesesmal seine Kunde verborgener Dinge schöpfte.

Ihm war die schlaue Kriegslist bekannt geworden, durch welche der König von Persien seinem sieghaften Feinde die nächste Schlacht abgewinnen wollte, er wußte, daß er entschlossen war, im Augenblick des Angriffs, vor die Fronte seines Heers die Thiere zu stellen, die den Aegyptiern heilig sind, und da durch eine abergläubigen Feinde zu Ablegung der Waffen zu bewegen.

Prinz Siuph, selbst nicht frei von allem frommen Wahne, war in Gefahr, glückte dieses, sich im Augenblick von allen seinen Kriegern verlassen zu sehen, wenn auch sein eigener Muth der großen Versuchung widerstanden haben sollte. Die Perser hatten sich schon einmal dieses Streichs mit Glück bedient. Lieber sterben, als wider die Götter fechten war damals die allgemeine Stimme der Aegyptier, und Flucht, ohne vorhergegangenen Schwerdstreich, die Folge gewesen.

Amyrthäus wußte dieses; wußte es weder durch Eingebung des heiligen Stiers, noch durch eine nächtliche Erscheinung des weisen Akoris; wußte es auf ganz natürliche Weise. Sein Freund Taos, der ihn noch immer, wie ein Vater den Sohn, liebte, und der im Rathe der Priester gesessen hatte, als sie Boten abschickten, dem Könige von Persien die Wiederholung eines schon gebrauchten Mittels zur Gewinnung der bevorstehenden Schlacht anzupreisen; Taos hatte seinem kleinen Freunde von diesen Dingen gesagt, wie er ihm denn vieles anvertraute, blos um das Vergnügen zu haben, mit diesem klugen Kinde über mancherlei Dinge zu sprechen, und sein naives Urtheil darüber zu hören.

Gleich als ob dem Knaben etwas von der Zukunft ahndete, hatte er den Antheil, den er an dieser Entdeckung nahm, unterdrückt, aber ruhelos auf Mittel gedacht, Gebrauch davon zu machen; und nun mußte so wundervoll Siuph selbst von den Göttern herbei geführt werden, gleich als wollten sie ihn der großen Warnung, vor der instehenden Gefahr, entgegen leiten.

Dem tapfern Siuph mochte nun vom Schicksal diese Warnung zugedacht seyn oder nicht, dem ungedultigen Amyrthäus fehlte jede Gelegenheit sie ihm zu geben. Selbst da das Loos ihn unter den andern Kindern aushob, den Fremden, nach Gewohnheit, bei Besichtigung des Tempels begleiten zu helfen, selbst da ließ man ihn nicht mit Siuph allein, man hätte nicht vorsichtiger handeln können, wenn man die Verwandschaft des Helden und des Knabens gewußt, und geahndet hätte, von was für Wünschen das kleine Herz des Letzten pochte.

Amyrthäus wollte und mußte reden, wollte wenigstens einige Worte hinwerfen, die zur Zeit der Gefahr in Siuphs Herzen lebendig werden, und ihn retten könnten.

Meine Leser gönnen mir noch eine kurze Aufmerksamkeit, zu hören, wie er dieses an fing.

Alle die Zeit der langen Wanderung durch die sichtbaren Labyrinthe des Tempels, hatte Amyrthäus geschwiegen, und den andern Begleitern Siuphs es überlassen, ihm Unterricht und Belehrung über das zu geben, was er vor sich sah. Als man jetzt, fast am Ende der Wallfahrt, in eine Halle kam, welche die Bildsäulen der letzten Könige von Aegypten bis auf Sam enthielt, da nahm er plötzlich das Wort, indem er sich zu einem der Priester wandte, und ihm mit dem Blick kindlich bittender Unschuld ins Auge sah.

Mein Vater, sprach er, ist mir es wohl erlaubt, diesem Fremden etwas von den Fürsten zu erzählen, die hier abgebildet, sind? es geschieht nur, um ihm zu zeigen, wie die Kinder gelehrt werden? Er wird aus der Wissenschaft des Lehrlings die Lehrer preisen lernen.

Siuph, der schon lange dieses schöne Kind mit Liebe angesehen, und vielleicht in ihm einige Aehnlichkeit mit seinem jüngsten Bruder geahndet hatte, vereinigte sich mit ihm in dieser Bitte. Man warnte den kleinen Erzähler, es kurz zu machen, und er fing als so an.

Nur dreie wähle ich aus diesen Königsbildern, sie dir, du lieber Fremdling, zu erklären; kommt der ältere Bruder wieder nach Taposiris, von dem jüngern Unterricht zu holen, so folgen die andern.

Dieser hier, mit Flammen umgeben, ist König Bochoris. Er ward von seinen Feinden überwunden, und starb den Tod des Feuers, weil er Warnung verschmähte. *[Bochoris soll vor seinem schrecklichen Tode durch einen Traum gewarnt worden seyn.]* Warnung vor Gefahr wird den Menschen an allen Orten dargeboten, oft legen sie die Götter in den Mund eines Kindes, niemand darf sie verschmähen. Merk auf, der du hörest! jedes Wort ist von Deutung!!! —

In diesem Bilde hier, siehst du König Sethon; das Geschöpf, das er in der geschlossenen Hand hält, ist eine Maus; höre hiervon die Geschichte: Als er einst mit einem schlecht bewaffneten Heere Tausenden gerüsteter Feinde entgegen ging, und wohl Ursache hatte, am Siege zu zweifeln, da sandten die Götter des Nachts Heere von Mäusen in das feindliche Lager. Pfeile, Schilde und Bogensehnen wurden der Raub ihres gefräßigen Zahns, und Sethos fand am Morgen einen überwundenen Feind. Lerne aus dieser Geschichte, daß die Götter sich mit ihrer Hülfe an keine Mittel binden. Die Maus, das kleinste Geschöpf, hat schon auf mehr, als eine Art, Helden gerettet. Behalte dieses unbedeutende furchtsame Thierlein im Sinn. Es wird dem Gott Aelurus zum Opfer gebracht; wohl dem, der ein solches Opfer zu rechter Zeit zu bringen weis! *[Unter den Namen des Aelurus, wurden die Katzen verehrt; nichts glich der abergläubischen Liebe der*

Du wirst wortreich, Knabe! fiel hier einner der Priester ein. Auch habe ich gleich geendet, antwortete Amyrthäus.

Dieses Königsbild mit zerbrochener Krone, ist das Bild des unglücklichen Sam, der noch in persischer Gefangenschaft lebt. Der König der Perser soll sich ihm dadurch unverletzlich gemacht haben, daß er in der entscheidenden Schlacht seine Götter ihm entgegen stellte. Was geschah, kann wieder geschehen!! — Vom König Sam weis ich nichts weiter, als daß er zwölf Söhne hatte. Das Schicksal zerstreuete sie, und gegenwärtig sind durch wunderbare Fügung nur der Aelteste und der Jüngste derselben bei einander.

Als Amyrthäus geendet hatte, wandte er sich schnell um, den Priestern, die ihn hinweg wink-ten, zu folgen. Aber Siuph stand starr und unbeweglich, wie die Bildsäulen der Könige, die mit hohlen Augen aus ihren Nischen zu ihm herab starrten. —

War das ein Traum? sprach er zu sich selbst. War das mein Bruder? Der jüngste Bruder bei dem ältesten? — Welche Worte hörte ich aus seinem Munde! — War das die Sprache der Kindheit? Nein! Begeisterung! hohe Begeisterung wars, die aus ihm redete! Amyrthäus unter den weisagenden Kindern des Tempels? — Erst jetzt, kenne ich dich, mein Bruder, — erst jetzt, o Gottheit, habe ich deinen Ausspruch erhalten! Aber, wie dunkel! O daß keins der heiligen Worte verloren gehe. Hinweg, Siuph! sie aufzuzeichnen, wie sie mit Flammenschrift in deinem Gedächtnisse stehen! Genauere Betrachtung giebt Licht.

Siuph eilte wirklich, nachdem diese Gedanken seine Seele durchflogen hatten, hinweg aus der Halle, auch war es vielleicht gut, daß er eilte. Bald darauf füllte sie sich mit Priestern, welche gesandt waren, ich weis nicht, ob ihn hinaus zu weisen, oder fest zu halten. So viel war gewiß, daß er Aufmerksamkeit erregt hatte.

Während der Zeit, die zwischen dieser Begebenheit und der entscheidenden Schlacht verfloß, sahen die Völker des Nils ein Glück, welches sie fast den Druck der Perser vergessen machte, welches sie fast vergessen machte, daß der Wüthrich seinen Unthaten die Krone auf gesetzt, und den unglücklichen König Sam ermordet hatte. Eine entdeckte Verschwörung, in welcher letzterer verwickelt war, und sein Leben war verwirkt! Akoris hatte umsonst gewarnt. Sam hatte die Früchte des Glücks unreif gebrochen, und sich den Tod daran genossen!

Die Aegyptier beweinten ihren guten unglücklichen König nicht, denn — sie hatten einen neuen Apis gefunden. Betrogenes Volk, das wirkliches Unglück über eine Traumfreude verges-sen konnte!

Die neue Gottheit ward mit dem gewöhnlichen Pomp aus der Nilstadt nach Memphis ge-bracht. Ein vergoldetes Schiff brachte sie herüber; ganz Aegypten frohlockte. Weihrauch dampf-te, Blumen dufteten, die Luft erschallete von Lobgesängen die schönste Jugend des Landes, holte tanzend und singend den heiligen Stier ein; aber, indessen dieses geschahe, zog sich ein stilles Leichenbegängniß, durch die entferntesten Straßen der Stadt, nach einen alten Gemäuer, das ausserhalb derselben lag. König Sams Ueberreste waren es, die man zu Grabe brachte. Der König von Persien sahe es gern, daß die Aufmerksamkeit des Volks, gerade an diesem Tage, von der Asche seines ermordeten Beherrschers hinweg, auf etwas anders geleitet wurde.

Ach, König Sams fromme Söhne wußten nicht, daß ihr Vater gefallen war, sonst würde ihnen das Schwerd, das sie schon zum Siege wider den Tyrannen erhoben hatten, entsunken sein. Eine Tagereise von Memphis hatten sie ihr Lager aufgeschlagen; sie feierten heute mit dem ganzen Aegypten die Erscheinung des Apis in heiliger Ruhe, um morgen unter dem Wohlgefallen der Gottheit desto siegreicher fechten zu können.

Prinz Siuph hatte die seines Bruders unaufhörlich im Herzen; er ahndete, vermittelt dersel-ben, aus verschiedenen Umständen die List, die morgen ihn fällen sollte. Der unbekannte, der immer an seiner Seite war, die unerkannte Nitetis, die überall ihr Leben zuerst wagte, hatte sich erboten hiervon Gewißheit einzuziehen, und bedürfenden Falls Mittel zur Vernichtung des Fallstricks herbei zubringen.

Der König von Persien war mittlerweile auch nicht ohne Gedanken an den großen Tag, der ihm Morgen bevorstand. Im Lager war alles zur Ausführung des wichtigen Streichs fertig. Alle Tempel des Aelurus hatten ihre heiligen Thiere hergeben müssen. Das ganze persische Lager wimmelte von Katzen, welche man morgen vor die Fronte des persischen Heers stellen, und durch ihre Erscheinung den Muth der Aegyptier entwaffnen wollte.

Die kluge Nitetis stieß bei ihrer kundschaftenden Reise auf einen Transport dieser Thiere, und verwebte diese Begebenheit in ihre Anschläge.

Aber der König von Persien dachte zu Memphis, durch Gewissensbisse getrieben, noch auf andere Mittel, zur Vergewisserung des Sieges. So nahe am Ende der Laufbahn eines ruchlosen Lebens, als er war, zittert jeder Verbrecher. Eine warnende Gottheit klopft dicht vor dem Ausgange, vor dem unbekannten Ausgange einer bösen Sache, noch einmal ans Herz des Sünders, sie zeigt ihm seinen möglichen Fall, in angstvollen Ahndungen, und heißt ihm Mittel zur Rettung ergreifen; schade, daß er denn immer seine Zuflucht zu den unwirksamsten nimmt.

Der persische König war am Tage der Erscheinung des Apis ungemein unruhig. Ein Etwas beengte sein Herz, das er weder enträthseln konnte noch mochte.

Er ging von dem Balkon des Vorderpallasts hinweg, weil ihm das Frohlocken des Volks über einen Apis widrig war. (Was macht einem, durch Verbrechen beunruhigten Herzen nicht widrige Empfindungen!)

Der unglückliche König stieg auf einen seiner Thürme, um freie Luft zu athmen; er sahe durch ein Fernrohr die Vorposten des Heers der Prinzen, und kehrte zurück, weil dieser Anblick seine Angst vermehrte. Er stieg hinab, um in dem einsamen Hinterpalaste Ruhe zu finden: aber die Fenster desselben sahen auf die Gegend, durch welche man den Leichnam des hingerichteten Königs zur letzten Ruhestatt geführt hatte. Seine Leichenbegleiter kamen eben zurück, und die Thränen, die sie vergossen, verwandelten die bisherige Angst des Tyrannen in Wuth.

Er wußte sich nicht mehr zu lassen. Er wollte sich unter die fröhliche Menge stürzen, die die Hauptstraßen von Memphis erfüllte; er wollte Aufheiterung in ihrem Jauchzen suchen, wollte mit ihnen ihren Apis anbeten, ob ihn das heilen möchte, wollte auch in seinem Tempel das Schwerd weihen lassen, das schon zu Taposiris geweiht war; und, was wollte er nicht alles, um sich für heute Beruhigung, für morgen desto mehrere Gewißheit des Siegs zu verschaffen!

Alle Wege des Gottlosen, sagt ein alter Weiser, führen zum Tode. Selbst dann, wenn er sich halb und halb Besserung angelobt, geht er neuen Verbrechen entgegen. Dieses war der Fall bei dem ruchlosen Könige von Persien. Er kam in den Tempel des neuen Apis, der bereits von seinen Zimmern Besitz genommen hatte, er ließ sich ihm vorstellen, er erwartete von ihm die nemlichen Höflichkeiten, die ihm der taposirische Onuphis erwiesen hatte, aber der heilige Stier von Memphis ward von einem andern Geiste belebt als jener. Mit einer Geberde, die man noch nie an einem Apis gesehen hatte, empfing er den gekrönten Verbrecher; er verweigerte nicht allein das Futter aus seiner Hand zu nehmen, sondern grimmig wetzte er die vergoldeten Hörner gegen ihn; ein Stoß, und der Tyrann wäre verlohren gewesen.

Mit Mühe brachten Priester ihre Gottheit zu mildern Gesinnungen, aber der rasende König war nicht so leicht besänftigt als der geweihte Stier. Uneingedenk welch einem Wesen er sich entgegen setzte; uneingedenk der Heiligkeit des Schwerdts an seiner Seite, und der Worte, mit welchen es ihm der begeisterte Geber überreicht hatte, zückte er es, und begrub es in die Hüfte des Apis.

Er sank, der heilige Stier sank, die Priester des Onuphis, welche diesen Stahl eigentlich zum Verderben des Apis geweiht haben mußten, hatten gesiegt, und der Rachgeist, der unsichtbar über dem Mörder und dem Ermordeten schwebte, jauchzte hoch auf, dem Verbrecher endlich am Ziele seiner Unthaten zu sehen.

Dies fehlte noch rief er mit unhörbarer Stimme, Tyrann! dies fehlte dir noch! Nun hast du geendet! Dies Schwerd trank unwürdig vergossenes Blut, nun vermag es nicht, den Sieg dir zu bringen. Morgen, in dem Gefilde von Pelusium, siehst du mich wieder!

Die That war geschehen; Flucht oder der Thäter war verloren!

Das Volk, das ruhig seine Häuser verbrennen und seine Güter rauben, ruhig sein Land verheeren und seinen König hinrichten gesehen, konnte den Mord eines Stiers nicht ertragen. Es schäumte und stürmte. Ein Wunder mußte den Tyrannen retten; er ward gerettet, um desto schrecklicher zu fallen.

Seine Flucht ging nach Pelusium. Er langte an, und fand die Schlacht, die er gewinnen wollte, schon verloren. Siuph, um der Kriegslist der Perser zuvor zu kommen, die er durch Hülfe der klugen Nitetis völlig entdeckt hatte, überfiel sie bei der Nacht. Erst als die Nacht am Morgen gränzte, gewann man feindlicher Seits Zeit zum Versuche, die Aegyptier durch den Anblick ihrer Götter zu entwaffnen. Ein unglücklicher Versuch! Die Aegyptier waren darauf vorbereitet. Ein Opfer von zahllosen Mäusen versöhnte den Gott Aelurus. Nitetis hatte dafür gesorgt, daß es an diesen kleinen Geschöpfen, deren Nutzbarkeit Amyrthäus so weislich angepriesen hatte, nicht gebrach.

Während die Götter, mit welchen die Perser den Aegyptiern den Sieg hatten abgewinnen wollen, sich ihrem Raube nach auf dem Schlachtfelde zerstreueten, brach Siuph und seine tapfern Brüder in die geschlossenen Reihen der bestürzten Feinde. Sie fielen! sie flohen! der Sieg war erkämpft, da der Mörder des Apis die Ebene von Pelusium erreichte.

Erst hier war es, daß der König von Persien, der Memphis fliehend zu Fuße verlassen hatte, ein Pferd überkam; er sammelte ein Häuflein seines flüchtigen Heers um sich, und vermaß sich, knirschend vor Wuth, mit ihm allein das Verlorne wieder zu gewinnen; des lachte der Rachgeist, der ihm das Wiedersehen zu Pelusium versprochen hatte, und der nebst König Sams blutigem Schatten aus dem Gewühl der Erschlagenen ihm entgegen schwebte.

Sein Lachen war dem Tyrannen Vorbote des Todes. —

Als der König der Perser sich mit rasender Eil auf sein Pferd schwang, um mit seinem kleinen Haufen in den Feind zu setzen, da fuhr das Schwerd, das den Apis ermordet hatte, aus seiner Scheide, es begrub sich in seiner Hüfte, wie er es in die Hüfte des unschuldigen Stiers begraben hatte; er sank, wie jener gesunken war, und sahe das schreckliche Angesicht dessen, der ihn hierher beschieden hatte.

Im Lager der Aegyptier war alles laute Freude. Nitetis, genug gestraft, genug geprüft, und würdig für das belohnt zu werden, was sie für ihr ehemals verrathenes Vaterland gethan hatte, war wieder Nitetis geworden. Der weise Akoris störte die Freude des Wiedererkennens, die Freude der siegenden Brüder, die Freude des geretteten Aegyptens, nur durch Erinnerung an die Nothwendigkeit, die schöne Zora aus dem Tempel des Onuphis zurück zu bringen und sich um das Schicksal des Ursachers aller dieser Freuden, des armen kleinen Amyrthäus, zu bekümmern.

Ach, wohl war dieses außerordentliche Kind zu bedauern! Der Verdacht, den man schon seit einiger Zeit auf dasselbe hatte, ward durch das mystische Gespräch mit Siuph vollkommen gemacht, sein Einverständniß mit Taos ward entdeckt; er war verloren! doch alle diese Dinge wären nicht nöthig gewesen, ihn zu stürzen; schon seine Klugheit hätte ihm den Tod bringen müssen. Kluge Kinder wurden in dem Tempel zu Taposiris niemals alt.

Die Retter des kleinen Amyrthäus erreichten eben die wohlbekannte Felsenbucht hinter dem Hafen der prächtigen Seestadt, da man im Begriff war, den unglücklichen Knaben und seinen Freund Taos zu ersäufen, wie man ehemals vor seinen Augen zwei elenden Schlachtopfern der Priesterwuth gethan und ihm damit schon damals dunkle Ahndung eines eigenen Schicksals gegeben hatte.

Im Triumpf wurden die Geretteten nach Memphis gebracht. König Sams Söhne jauchzten, sich alle beisammen zu sehen, und vereinigt mit ihren Schwestern den unglücklichen Vater, für welchen sie gekämpft und gesiegt hatten, die ägyptische Krone wieder zu Füßen legen zu können. Daß sie dieses Opfer treuer kindlicher Liebe auf sein Grab legen mußten, wiederhole ich euch so wenig, als ich euch den Schmerz der Helden, blos für sich gesiegt, blos für sich gearbeitet zu haben, zu schildern im Stande bin.

Akoris hatte für König Sams Kinder des Trostes viel, aber er mußte die Wirkung desselben der Zeit überlassen, und ging indessen nach Taposiris zurück, die treulosen Priester des Onuphis, die sich nicht lang über dem Fall des unschuldigen Apis gefreut hatten, zu bestrafen und ihre Geheimnisse zu zerstören. Das Ansehen des schwarzen Stiers zu Taposiris kam von dieser Zeit an in merklichen Verfall, so daß wenig der alten Schriftsteller so viel von ihm zu sagen wissen, als ich euch erzählt habe.

Was die zwölf Söhne des Königs Sam anbelangt, so beherrschten sie siebenzig glückliche Jahre hindurch die Länder am Nil gemeinschaftlich. Siuph und Amyrthäus, Zora und Nitetis genossen unter ihren Geschwistern das Glück des längsten Lebens, oder vielmehr, sie waren unglücklich genug alle zu überleben, die sie geliebt hatten und später als sie in die heilige Nacht der Pyramiden einzugehen.